freedom
letters

№ 51

Александр Архангельский

Правило муравчика

Сказка про войну и мр-р

Freedom Letters
Котор
2023

freedom
letters

Сайт издательства freedomletters.org
Телеграм-канал freedomltrs
Инстаграм freedomletterspublishing

Издатель Георгий Урушадзе
Технический директор Владимир Харитонов
Художник Денис Батуев
Корректор Злата Климас

Александр Архангельский. Правило Муравчика. Сказка про войну и мрр. — Котор: Freedom Letters, 2023.

ISBN 978-1-998265-27-5

Человек для домашних животных — самый настоящий бог. Он может доставать еду из холодильника и творить другие чудеса. Но когда чужие люди в военной форме похищают бога, отправляют его в тюрьму, котам и собакам приходится самим строить свою жизнь. И рано или поздно среди них появляются вожди, которые устраивают войны… Чем все закончится? Кто победит? И вернется ли бог? Сказка адресована подросткам 12–15 лет, но ее можно прочитать всей семьей — и вместе поговорить о том, что такое война и что такое свобода.

Содержание

Первая глава. Священное предание котов 7

Вторая глава. Мурдыхай и Мурчавес 12

Третья глава. Майн Кун 16

Четвертая глава. Мурчавес попадает в Рай 21

Пятая глава. К святым котцам 28

Шестая глава. Нашествие тяфтонов 36

Седьмая глава. Война и мр-р 41

Восьмая глава, невеселая 46

Девятая глава. Правление Мурчавеса 51

Десятая глава. Арест 58

Одиннадцатая глава. Предчувствие Мурчавеса.................. 62

Двенадцатая глава. Священное предание собак 67

Тринадцатая глава. Протокол псионских мудрецов.......... 72

Четырнадцатая глава. Побег 75

Пятнадцатая глава. Переписка из двух углов 80

Шестнадцатая глава. Штрафбат 86

Семнадцатая глава. Гавгавский пленник.................. 91

Восемнадцатая глава. Батальная 94

Девятнадцатая глава. Блаженное успение 102

Двадцатая глава. Как собаки кота хоронили 106

Двадцать первая глава. Переворот 110

Двадцать вторая глава. Бог из машины.................. 117

Последняя глава. Парад победы 120

Посвящается коту Ивану Ивановичу

Первая глава.
Священное предание котов

Синее море, желтый песок и высокие черные горы. Вдоль берега стоят огромные корзины с обгрызанными ручками; в них на подстилках дремлют кошки и коты. От чего они устали, спрашивать не надо. Просто устали — и все. Прилегли на заслуженный отдых.

Спальный район разделен на две части, крупной галькой обозначена граница. По одну сторону находится селение Пепси-Котор, по другую — поселок Кока-Котор. Над ними нависла скала; здесь на маленьком плато расположился горный аул Мурчалой.

Внешне Которы и Мурчалой неотличимы. Но в бога жители верят по-разному. Пепси-Котор населяют котославные, в Кока-Которе живут котолики, а мурчалойцы — убежденные котометане. Объяснить, в чем разница, довольно трудно. В главном все между собой согласны: что когда-то Рай располагался здесь, на побережье. Снаружи он напоминал гигантскую корзину, но только с соломенной крышей. В Раю жил бог. У бога были огромные ноги в желтых ботинках, а лицо его сияло в вышине. Бог часто сидел за столом и пальцами стучал по клавишам, и перед ним стоял экран, по которому, как муравьи, бежали буквы. Кошки прыгали на стол и ложились животом на клавиши. Бог брал их за шкирку и неласково спускал с небес.

Главное Святилище именовалось Кухня, в центре ее был Алтарь. Бог вынимал из Алтаря еду — кастрюлю с гречневой кашей и прокрученным куриным фаршем, раскладывал по мискам, и запасы еды не кончались. А сам он ел нечасто. Два или три раза в день. Хотя мог есть всегда, без остановки. На то он и бог, чтобы творить чудеса.

У бога имелась богиня и маленькие злые божики, которые носились с воплями по Раю, дергали животных за хвосты и обидно дули им в носы. Божиков не пугало шипение, а за выпущенные когти бог с богиней наказывали мокрым веником. Но самая страшная казнь полагалась котам-богоборцам, которые жрали цветы и метили райские кущи: этих поливали из большого желтого пульверизатора. Струя была холодная и сильная, преступник думал, что это Всемирный Потоп, и в ужасе скрывался под диваном.

Зато богиня пахла тестом. Она склонялась со своей небесной высоты, гладила котов и вовремя меняла наполнитель в туалете. У нее был только один недостаток. Она слишком любила собак. Несмотря на то, что собаки слишком быстро сжирали еду. Не успеешь к миске первым — все. Не оставят ни крошки. А еще они готовы были унижаться, лизали богине то ноги, то руки. В общем, зря богиня их любила.

А вот у бога недостатков не было.

Ненадолго отрываясь от экрана, он отодвигал клавиатуру, возносил котов к себе на грудь и внушительно с ними беседовал. В те времена коты владели языком богов, но потом разучились и понимали лишь отдельные словечки. Такие, например, как «пепси», «кока», «мур» и «кис». Это потому, что божики, приплясывая возле Алтаря, с утра до вечера кричали: «Пепси!», «Кока!». Бог со строгим умилением ворчал: «Ишь, негодяй, мур-р-чит!». А богиня, доставая легендарную кастрюлю, громко призывала: «Кис-кис-кис-кис».

Нередко богиня садилась в большую машину, включала защитную вонь, чтобы никто не мог найти ее по запаху, и уезжала в горы. Когда она возвращалась, бог и божики мчались к машине, вынимали из багажника шуршащие пакеты и тащили их в Святилище. Вынимая из пакетов баночки, кульки, контейнеры с продуктами, они произносили, как пароль: «кулинария». Бог, завершив свою работу, готовил вкусный ужин, и богиня восхищалась им: «Ты у меня великий кулинар!». С тех пор коты, хранившие легенды о божественном курином мясе, стали называть куринарией место возле миски. Остальные слова сохранились обрывками, они мелькали в памяти, как мошки, и не имели никакого смысла.

В Рай часто приезжали гости. Некоторых бог приглашал в Святилище, усаживал за круглый стол, уставленный едой и разными бутылками. Других в Святилище не допускал и принимал у себя в кабинете. Придирчивая богиня называла этих, не допущенных в Святилище, жирналистами. Жирналисты вынимали из багажников искусственные солнца, зажигали их от электрической розетки и направляли яркие лучи на бога, и он им долго что-то объяснял. Через день или два после этого богиня собирала божиков в гостиной и сажала их перед огромным пылевизором. В пылевизоре показывали бога. Божики смеялись, хлопали в ладоши и кричали: «папа! папа!». Коты пытались заглянуть с обратной стороны, но там торчали провода и было жарко.

И всходило солнце. И сгущалась ночь. И наполнялись миски, и пустели. И нарождались новые котята. И вспыхивали драки, восстанавливался зыбкий мир. И казалось, так будет всегда.

Но тут произошли ужасные события.

В кошачьих мифах и легендах сохранились темные воспоминания о том, как бог с богиней резко погрустнели. Гости стали приезжать все реже, а жирналисты вообще исчезли. Пылевизор почти никогда не включали, потому что в нем все время говорил недобрый человек с красивыми зелеными погонами; на груди у него блестели желтые медали — точь-в-точь как у злобных собак. Нехороший человек размахивал руками и кричал, а другие люди почему-то хлопали в ладоши. Глядя на это, богиня рыдала. И бог тогда сердился на нее.

Однажды ранним утром вдалеке раздался грохот со стороны асфальтовой дороги, по которой боги ездили в куринарию. Коты решили, что вернулись жирналисты, но ошиблись. Рай окружили машины с перепончатыми странными цепями, намотанными на колеса. Из машин выпрыгивали незнакомцы в пахучей пятнистой одежде и с круглыми фуражками на бритых головах.

Незнакомцев было много, человек пятнадцать, за спинами у них висели ружья. Но не длинные охотничьи, с красивым лакированным прикладом, а короткие, с какой-то черной штукой, которая торчала прямо из ствола. Незнакомцы продвигались странно, приседая на корточки. Сделают короткий шаг, полуприсядут, обведут вокруг себя ружьем, шагнут опять.

От ужаса кошачье воинство попрыгало из окон, а собаки попытались оказать сопротивление, но зря. Бога, богиню и божиков погрузили в грязные машины. Колонна выпустила вонь из-под хвостов и устремилась по асфальтовой дороге. В Раю никого не осталось; на входную дверь повесили большой замок. Собаки вскоре пропали, а коты остались жить на побережье. Одни, без богини и бога, тем более без божиков. Никто не занимается куринарией, никто не берет на колени, все приходится делать самим...

Сколько лет прошло с тех пор — никто не знает. Рай зарос вьюном и диким виноградом. На его месте образовался мрачный холм, которого коты боятся и обходят стороной. С соседнего склона к вершине холма тянутся электрические провода. Глупый вьюн пытался оплести их, закрутиться змейкой, но сил у него не хватило, и он усох.

В этом все религиозные учения сходились. Что когда-то здесь был рай, его разрушили, богов прогнали... А дальше начинались разногласия.

Котолики не верили в пульверизатор. И утверждали, что великий бог, прекрасная богиня и даже невоздержанные божики не могли использовать такое негуманное орудие. А котославные считали ересью учение котоликов о том, что бог один — у кошек и собак. Это нелепо, абсурд! Но дальше всех пошли котометане. Они соглашались, что бог — это бог, ничего не попишешь. Но в богиню с божиками верить не желали. С их точки зрения, то были ангелы, которых бог призвал себе на помощь.

Толкованием вероучений занимались святые котцы. Котославных возглавлял Котриарх — черный, необъятный, молчаливый. Котоликов —веселый полосатый кот по прозвищу Папаша. А котометан — обильный белый перс, получивший звание Верховного Жреца.

Кошачьи города между собой не воевали, но и не особенно дружили. Единственное, что пепси-которцы и кока-которцы решили делать вместе, это собирать запасы на зиму. Когда на побережье льют дожди и с моря дует мерзкий ветер, наступает голодное время. Рыба уходит от берега, мыши прячутся в норки, лисы охотятся реже и не оставляют на горных дорогах объедки. В заброшенной каменоломне прибрежные коты устроили совместный склад съестных припасов, и к нему приставили охрану. Потому что мурчалойцы следовали принципу халявности: сами не ловили рыбу и мышей, брезговали лисьими объедками, а промышляли дерзкими набегами.

И снова, как когда-то, жизнь подчинилась заведенному порядку. Всходило солнце, заходило солнце, завершалась зима, наступала весна. Старики уступали место новым поколениям, взрослые коты старели, бойкая порывистая молодежь норовила что-нибудь исправить в этом мире, но не успевала, потому что все рано женились, обрастали многочисленным потомством и уже не думали о переменах.

Вторая глава.
Мурдыхай и Мурчавес

День обещал быть жарким, даже знойным. В последние годы климат испортился: зимы стали холоднее, лето жарче, уже в июне желтели сосновые иглы, осыпался пересохший лавр и затвердевали пальмовые ветви. Но сейчас был май, только что окончились апрельские дожди, и все соскучились по разогретому песочку. Старик Мурдыхай перетащил подстилку ближе к выходу и подставил солнцу тощие бока — рыжие, с едва заметной сединой.

Мурдыхай был кот своеобразный. Он не признавал границ и поэтому всю жизнь провел в отдельном гроте, на отшибе, выше Которов и ниже Мурчалоя. Спал на подстилке, питался исключительно жуками, и с утра до ночи диктовал своей помощнице *премудрые* послания, в которых размышлял о вере и неверии, о тайнах кошачьей души и о смысле жизни. Прочие коты его посланий не читали, слишком сложно, но в целом уважали мудреца. Важный кот! Ума палата! Великая чуйка! Огненный хвост от земли и до неба!

Подтянув подстилку к солнышку и зажмурив желтые подслеповатые глаза, Мурдыхай неторопливо диктовал помощнице:

— Пиши, Кришнамурка, пиши! Успеваешь? «Помни, о кот!». Восклицательный знак. «Правило четыре тысячи сто тридцать третье». Точка. «Покидая дом, где тебе отказали в еде, отряси на пороге лапы твои». Точка. Или нет, восклицательный знак. Записала? Продолжаем. «Правило четыре тысячи сто тридцать четвертое. «Не смешивай мясное и молочное. Переходя от мясного к молочному, меняй протез».

Помощницу, серую скромную кошечку, на самом деле звали Муркой, но Мурдыхай присвоил ей новое тайное имя, строго запретив кому бы то ни было рассказывать об этом.

Даже папе с мамой. А книга, которую он диктовал, называлась «Кошрут. Наставление о правилах кошачьей жизни».

— Секунду, Учитель! — испуганно произнесла застенчивая Кришнамурка.

— Я слишком быстро говорю? — Мурдыхай открыл глаза.

— Нет, Учитель. Ты говоришь хорошо, в самый раз. Но у меня возник вопрос. Могу я задать его?

— Задавай.

— Что делать, если зубы у тебя здоровые?

— А такое бывает? Я уже и забыл...

Мурдыхай опять прикрыл глаза, задумался. Прошло пять минут, десять, пятнадцать. Кришнамурка решилась его потревожить:

— Учитель?

— А? Что? — встрепенулся он. — Извини, я уснул.

Кришнамурка вздохнула. Учитель заметно состарился, его теперь всегда клонило в сон, он путал слова и гораздо лучше помнил то, что было десять лет назад, чем то, что случилось вчера. Что же будет с Кришнамуркой, когда Учителя не станет? Что будет с ними со всеми? А ведь это, может быть, случится очень скоро, даже страшно подумать...

Вдруг большая тень закрыла солнце. Мурдыхай поднял голову. Кто-то стоял на пороге, но против света было невозможно разглядеть, кто именно.

— Ты кто? — спросил Учитель, щурясь.

— Я — Мурчавес.

— Откуда ты?

— Из Мурчалоя.

— Что ты хочешь, Мурчавес?

— Мне нужен совет.

— Говори.

Мурчавес выступил вперед, и солнце вернулось на место. Низкорослый, дымчатый, холеный и красивый, хотя и преждевременно разъевшийся, он смотрел на собеседника нахально, не мигая.

— Учитель, я решил объединить котов.

— Что же, это мудрое решение.

— Но мне нужна твоя поддержка. Типа ты тут самый старый и тебя все уважают. Ну как, одобришь мой *пр-р-роект*?

— Конечно, одобрю! Я рад, — торжественно ответил Мурдыхай. — Да не разделяют ложные преграды нас, котов, любимцев бога! Да будем мы всегда едины! Да...

— Кхм, — перебил его Мурчавес. — Прости, а нельзя ли попроще? Я теряю нить.

Кришнамурка возмутилась: как смеет этот хам перебивать ее Учителя? И все же она промолчала: Учитель не велел ей много разговаривать.

А Мурдыхай совсем не удивился. Он обдумал предложение Мурчавеса и счел его вполне разумным.

— Хорошо. Но я спрошу тебя: как именно ты хочешь действовать? Кошки существа свободолюбивые. И по приказу делать ничего не станут.

Мурчавес грозно замахал хвостом и стукнул лапой. Поднялась сухая пыль. Мурчавес чихнул и продолжил:

— Заставлю.

— Силой можно покорить, но силой не заставишь думать по-другому. Ты должен действовать иначе!

— Как?

— Подари котам мечту!

— Не понял. Какую такую мечту? О чем?

— О другой жизни. Правильной, счастливой. О такой жизни, в которой нет места зависти, обману, воровству. Бог увидит с неба и подумает: «А пожалуй, надо будет к ним вернуться!» Вот какую жизнь ты должен обещать котам.

Мурчавес усмехнулся. (Говорят, что кошки не смеются — это правда. Но зато они умеют усмехаться: губы у них растягиваются, усы топорщатся, выражение морды становится ехидное. Когда кот усмехается, жди какой-нибудь пакости.)

— Хорошо, последую твоему совету.

И Мурчавес сделал шаг назад, опять закрыв собою солнце.

— Не прощаюсь, Мурдыхай! Я еще вернусь к тебе с планом.

— Хорошо, Мурчавес, буду ждать. Итак, Кришнамурка, пиши. Правило четыре тысячи сто тридцать пятое...

Третья глава.
Майн Кун

Прошло время. Сколько дней и ночей — не имеет значения, потому что все равно никто не помнил. Может, неделя, а может быть, месяц; у кошек ужасная память.

День снова обещал быть жарким, Мурдыхай лежал на том же самом месте, возле выхода из грота, а Кришнамурка аккуратным почерком выводила правила Кошрута.

— Правило четыре тысячи семьсот второе...

— Кхм-кхм, не помешаю? — раздался рокочущий голос.

На пороге вновь стоял Мурчавес. Спрашивал он вежливо, а вид имел надменный, даже наглый. К спине был приторочен сверток, похожий на маленький горб.

— Нет, не помешаешь. Заходи. Что хорошего скажешь?

— Скажу, что составил свой план! И принес почитать. Только пусть твоя помощница развяжет лямки, я лапами не достаю, узлы тугие.

Мурдыхай попросил Кришнамурку:

— Развяжи, сделай милость!

И полюбопытствовал:

— А кто же их тебе так ловко завязал?

— Мир не без добрых котов, — уклончиво ответил Мурчавес.

Кришнамурка, зажмурив глаза и смущаясь, подлезла под пузо Мурчавеса и потянула зубами за кончики лямок. Сверток шлепнулся на землю. Мурдыхай раскрыл его. В нем лежал тяжелый свиток, склеенный из кожицы бамбука и мелко-мелко исписанный четкими буквами. Строчки были ровные, как по линеечке — тут чувствовалась женская лапа, коты так писать не умеют.

«А ведь у этого Мурчавеса тоже есть своя Кришнамурка», — подумал с легкой ревностью старик.

Сверху было выведено крупно:

Мурчавес
МАЙН КУН
Книга о великом будущем котов

Начало Мурдыхаю не понравилось. Слишком — как точней сказать? — бахвально. Он начал недовольно дергать усом, как будто рыбья косточка вонзилась в небо.

— Хорошо, оставь, посмотрю на досуге.

— Нет, пожалуйста, прочти сейчас.

— Но сейчас мне некогда, я должен составлять Кошрут.

— Твой Кошрут подождет. Ты его пишешь для вечности, а моя книга актуальная. Она устареет! Так что не станем откладывать.

Кришнамурка опять возмутилась. Какой невоспитанный кот! Грубый, нахальный! Уж она бы выдрала ему усы! Выкусила клок вонючей шерсти! Расцарапала когтями морду!

Но Учитель проповедовал непротивление и, конечно, отрицал насилие. Он смиренно вздохнул, развернул свиток и погрузился в чтение. Читал он, шевеля губами и повторяя шепотом отдельные слова. «...*В чем сила, брат? ...Кто кормит, тот и прав...*» Постепенно зрачки его расширялись, и в них загорался нездешний огонь. Вскоре гневные глаза как будто отделились от кошачьей морды и стали жить своей отдельной жизнью. Они светили страшно, как прожекторы на кораблях, которые вставали на ночные рейды и шарили по берегу лучами.

Кришнамурка не смогла сдержаться: любопытство было в ней сильнее послушания. Однажды из-за своей неудержимой любознательности она провалилась в гнилую корягу с дикими пчелами, и потом Учитель долго вылизывал ей раны, зажав голову лапой и орудуя шершавым языком.

Она обошла Учителя и встала у него за спиной. Заглянув через плечо, прочла:

17

«Братья! Мы — избранный богом подвид.

Сестры! Нам принадлежат земля и горы.

Еще не родилась такая мышь, которую упустит Кот.

Наши усы — самые длинные в мире.

Слава богу, что мы не собаки. Не гадим поперек дороги, не лупим хвостами от радости, не гавкаем, как дураки.

Но какая же несчастная судьба досталась нам!»

Мурдыхай почесал за ухом и упустил край свитка, и тот сразу же скрутился в трубочку. Снова развернуть его не получилось. Кришнамурка помогла Учителю и еще сильнее загрустила: вот, уже и когти затупились... Старенький любимый Мурдыхай...

А Мурчавес поудобнее улегся и внимательно следил за Мурдыхаем. «Ну как, ты понял, что это за книга? Заценил?»

«Коты и Кошки! Котики, котята! К вам обращаюсь я, друзья мои!

Знайте, что от вас скрывали правду.

Бог не вернется к вам. Бог умер.

Я размышлял об этом целый год. И понял...»

Что именно понял Мурчавес, Кришнамурка прочесть не успела, потому что Мурдыхай сердито отодвинул свиток.

— Никогда не читал ничего подобного, — сказал Учитель глухим, как будто севшим голосом.

Мурчавес гордо повел ушами.

— Разумеется. Потому что такого никто до сих пор не писал. Но зачем же ты остановился? Читай! Там такое будет сказано, такое... ух!

— Никогда я не читал такой белиберды, — перебил его Мурдыхай, и морда Мурчавеса сморщилась, словно он получил удар свернутой газетой в лоб.

— Но ты же не знаешь, что дальше! — попробовал он возражать.

— Не знаю и знать не хочу.

— Напрасно. — В голосе Мурчавеса зазвучали грозные нотки, глаза его сузились, а шерсть встала дыбом. — Повторяю: напр-р-расно! Ты еще пожалеешь об этом! Это я тебе говорю!

— Ты мне угрожаешь, Мурчавес? А зря, — холодно ответил Мурдыхай.

— Нет, не угрожаю. Хуже. Потому что в «Майн Куне», который ты не стал читать, написано...

— Да знаю я, что там написано. Слишком много лет живу на свете.

— Ну и что же?! — язвительно переспросил Мурчавес.

— Там дальше сказано: если бога нет, то нужен вождь. И кто же им будет? Дай-ка подумаю. Неужели Кришнамурка? Не-ет, она слабая кошечка. Или, может быть, я, Мурдыхай? Ох, боюсь, я слишком старый, не сгожуся. А, наверное, вождем будешь ты? Как мы сразу-то не догадались...

Мурчавес опустил глаза и тяжело дышал. А Мурдыхай сурово подытожил:

— Я же тебе сказал — дай котам мечту. Мечту! Светлую, прекрасную, ради которой стоит поступиться мелочами. А ты сочинил... даже не знаю, как это назвать. Ты нехороший кот. Ступай и больше здесь не появляйся. Ты наказан.

Мурчавес подхватил «Майн Кун» и был таков.

Он бежал куда-то вниз, не разбирая дороги и клокотал от возмущения. Его унизили, его прогнали... Край свитка волочился по земле, поднимая вонючую взвесь: труху от перегнивших веток, густую дорожную пыль. Чесались глаза и свербело в носу. А чихать было нельзя: чихнешь и выронишь бесценную поклажу.

Сколько счастливых часов он провел за диктовкой «Майн Куна»! Поздно вечером, когда темнело и никто не мог его увидеть, Мурчавес пробирался в скромный домик кошки Муфты. Упитанная, с белой манишкой и лапками, похожими на детские носочки, она усаживала гостя поудобней и тщательно записывала каждое слово.

Завершив работу, он ужинал морскими гадами, которых Муфта очень хорошо готовила. Щупальца кальмара, плавники тунца, сладкие рапаны, только понюхаешь — слюнки текут. Наедался всласть, облизывался — и вразвалку уходил в свою корзину. Муфта всякий раз с тоской смотрела вслед. Но Мурчавес не хотел себя связывать семейными узами — он вольный кот, таким родился и таким умрет.

Умрет — и не станет великим... тоска.

Мурчавес побрел в направлении моря. Там можно будет полежать, подумать, а если повезет, то перекусить какой-нибудь рыбешкой.

Четвертая глава.
Мурчавес попадает в Рай

Море — это вещь. Мурчавес обожает море. Утром оно розовое, теплое, от него приятно пахнет солью, на волнах пузырится пена. Чайки зависают низко-низко и болтают жирными ногами... Так хорошо, так приятно, так грустно слушать шелест волн, страдать и мыслить. Мыслить — и страдать. Для чего коты рождаются на свет? Почему не живут вечно? Может, никакого бога нет? А есть короткая бессмысленная жизнь...

Додумав до этого места, Мурчавес обычно мрачнел, поднимался и медленно плелся домой. Где его, конечно же, не понимали: это общая участь великих животных. А он в своем величии не сомневался. Он сам-с-усам. Быстрый, ловкий, смелый, умный. При этом не какой-нибудь аристократ, не тупоносый перс, не длинноухий абиссинец, а настоящий помоечный кот, рожденный в обычной рабочей семье.

Его папаша воспитанием детей не занимался. С утра до вечера лежал на горячих камнях и мечтал о чем-то беспредметном. А по ночам, стряхнув дремоту, потягивался грозно, и, светя глазами, удалялся. Приходил на рассвете, с веселым ободранным видом, и снова погружался в меланхолию. А мамаша была на хозяйстве. Правда, не всегда заботилась о детках. То яростно выкусывала блох и устраивала общую головомойку, то исчезала на несколько дней, оставляя котят без присмотра. Они расползались, пищали, тыкались в стенки корзины, им становилось страшно и хотелось есть.

В конце концов мамаша прогнала папашу и занялась устройством личной жизни. Котята остались одни. А нравы в горном Мурчалое строгие: здесь чужим слезам не верят и слабому за просто так не помогают. Маленький Мурчавес жалобно мяукал, клянчил, но никто ему еды не подавал. Наоборот, дразнили попрошайкой и шпыняли.

И тогда, поголодав неделю, он придумал отличный сценарий.

Спустился на берег, спрятался за гладким валуном.

Вскоре на дороге появились пепси-которцы. Впятером они тащили крупного кальмара, зажав его пупырчатые щупальца зубами и растянув, как морскую звезду, на распорках. Кальмар болтался в воздухе и вращал огромным верхним глазом, в то время как маленький нижний был плотно зажмурен. Юный Мурчавес подпустил процессию поближе и вскочил на добычу верхом. Кальмар зажмурил оба глаза и попрощался с жизнью. Коты возмущенно мотали хвостами, но не разжимали зубы: им было жалко выпустить такую вкусную добычу. Уцепившись когтями за голову, он быстро-быстро перегрыз тугое щупальце, оно оторвалось, Мурчавес подхватил еду и был таков.

Кальмара хватило на месяц. Под конец он даже стал припахивать. А потом Мурчавес героически обчистил склад. Дождался сильного ночного ливня, когда охрана бодро спряталась в укрытия, и утащил десяток вяленых мышей.

С тех пор он промышлял разбоем и кражей. И никогда уже не голодал. О нем слагали мифы и легенды. Которцы боялись знаменитого грабителя, а мурчалойские гордились земляком. Все считали его безоглядным котом, разбойником с большой дороги. И никто, кроме Муфты, не знал, что больше всего на свете он любит слушать волны, раздумывать о суете кошачьей жизни и грустить.

И вот однажды он спустился на пустынный берег. Подбородок положил на круглый камень, хвост распушил и стал раздумывать о странной связи между лаской и боязнью. Каждый знает, что в разгар мурчаний настоящий кот обязан вдруг насторожиться, выпрямить упругий хвост и прыгнуть в сторону. Или спрятаться от ужаса в кусты. Или залезть под кровать, чтобы смотреть оттуда круглыми глазами. Потому что иначе — не в кайф. Недаром у котов есть правило муравчика: «Бояться и мурчать — мурчать и не сдаваться».

Мурчавес представлял себе, как бог сажает его на колени, запускает в шерсть свои божественные пальцы, а он — тарахтит и страшится. Тарахтит, потому что приятно. Страшится, потому что помнит про опасный веник. И внезапно до Мурчавеса дошло: так вот чем занимался бог! Он дарил котам и страх, и ласку. Давал расслабиться и заставлял насторожиться. Но бога больше нет и вряд ли будет, а правило муравчика осталось. И коты на самом деле ждут не бога, а Любого, Кто им Подарит Ласку и Боязнь, Вернет Восторг и Ужас. И кто сказал, что это будет не Мурчавес? Кто?!

Сердце стало больно стукать в грудь. Усы распрямились, затвердели, кончики их мелко затряслись. Неужели эта счастливая мысль никому не приходила в голову? Он первооткрыватель? Он герой? Нужно было срочно что-то предпринять, иначе сердце разорвется от восторга. И Мурчавес припустил к тому зеленому холму, внутри которого остался Рай. Он не знал, зачем ему туда, но так велел инстинкт. Бежать, лететь без остановки, преодолев животный ужас перед Раем.

Добежав, остановился, изумленный. Никакого лаза не было — сплошной кустарник, оплетенный вьюном и колючкой. Как змеиный клубок. Или перекати-поле. Тогда он начал рвать зубами сросшиеся стебли, делал шаг вперед, и снова, снова. Снизу пахло высохшей землей, гнилыми листьями, сверху — недозрелым кислым виноградом. Солнце, с трудом пробиваясь, светило зеленым. Всюду деловито ползали жучки, жужжали мухи.

А Мурчавес упрямо продвигался вперед.

Наконец, он уткнулся головой в препятствие. Разгреб. Обнаружил старые ступени с обколотыми, рваными краями. Как гимнаст, уцепился за крупные стебли, подтянулся и оказался на площадке перед дверью с огромным висячим замком. Попытался вскарабкаться сбоку, но на окнах висели ребристые ставни. «Бояться и мурчать, мурчать и не сдаваться!» — повторяя правило муравчика, Мурчавес стал искать решение. И обнаружил, что в двери имеется отверстие. Низко расположенное, прямоугольное, как будто бы нарочно выпиленное для кота.

Он опасливо просунул морду внутрь.

В Раю было очень темно, но сквозь щели ставен проникал нерешительный свет. Свет был ребристый, в полосочку и ничего вокруг не освещал. Но котам темнота не помеха. Через минуту чернота настроилась на резкость, Мурчавес различил прямые линии шкафов, изогнутые контуры стульев, брошенные детские игрушки, полусгнившие носки.

Была не была! Он стал протискиваться внутрь. Все поначалу было хорошо. Плечи пролезли, он выпростал лапы, оперся на них, поднатужился... Но увы, с животом получилось не очень. Мурчавес подался назад, чтобы попытать судьбу еще раз, но не вышло. Он застрял. Сбылся страшный сон, который снится всем котам, и даже диким: рад бы в Рай, да живот не пускает.

Мурчавес взвыл и рванулся вперед, не щадя живота своего. И с диким криком вывалился в Рай. Счастью его не было предела, хотя вокруг клубились запахи тревоги. Ужас и восторг неразделимы — он понял это окончательно и бесповоротно.

Передвигаясь на дрожащих полусогнутых и собирая брюхом пыль, Мурчавес стал обследовать пространство.

Для начала он обнюхал огромную дырку, со всех сторон обложенную камнем и огороженную металлической решеткой. Из дырки разило полувыдохшейся гарью. Внутри было сыро и глухо. Вверх уходил просторный лаз, покрытый толстым слоем сажи. Сквозь грязные наросты было видно голубое небо.

Прокашлявшись, Мурчавес двинул дальше.

Его сразила белая стиральная машина, размером с половину шкафа, с прозрачной круглой дверцей в середине. Он потыркал дверцу, та не поддалась. Сообразил, что секрет — в пластмассовом рычажке, который торчал из круглой дверцы, как большое оттопыренное ухо. Поднатужился и дернул — дверь открылась!

За ней был металлический дырявый барабан, который издавал приятный затхлый запах. Мурчавес с опаской запрыгнул на край барабана, тот под ним предательски качнулся, кот не удержался, завалился на бок, но даже не успел перепугаться — барабан сам, безо всяких усилий, вернулся в исходное положение. Мурчавес попытался встать на лапы — барабан опять шатнулся. Тогда он лег и стал, баюкая себя, раскачиваться, как в гамаке. Туда-сюда, туда-сюда. И это было так приятно, что Мурчавес немного вздремнул.

Отдохнув, он продолжил познавательное путешествие.

Долго изучал большую доску, висевшую в гостиной на стене. Сбоку обнаружил кнопки, круглые отверстия и углубления. Поковырял когтем в одном отверстии, оттуда выскочила искра. Кот отпрыгнул. Справился с собой, вернулся к кнопкам, стал опасливо их нажимать. Одна сработала, и на доске, покрытой многолетней пылью, замелькали многочисленные люди. Мурчавес догадался: это легендарный пылевизор! Между огромными домами ехали гигантские машины. В них вместо окон были щели, а изо лба рос длинный страшный рог. На круглых люках восседали незнакомцы в шапках, которые напоминали перевернутые миски. На колеса был намотан плоский панцирь, и они внутри него вращались и гремели.

Вдруг из пылевизора раздался дробный грохот, и люди в круглых мисках попрыгали в свои машины и захлопнули верхние крышки. Машины выпустили темный дым из-под хвостов, остановились, длинные рога одновременно вздернулись, из них вырывалось желтое пламя. Все гремело.

Вдруг изображение сменилось, и на поверхности доски изобразился человек без каски, но в погонах, и с желтыми собачьими медальками на кителе. Он что-то громко говорил; Мурчавес ничего не понимал. Потеряв интерес к говорящей доске, кот выключил ее и царственно прошествовал в Святилище.

Здесь он первым делом распахнул Алтарь. По ноздрям ударил запах старой гнили. Внутри Алтаря мерцал электрический свет, слабый, еле живой. А сам Алтарь вдруг зарычал, затрясся, и Мурчавес захлопнул вход в него. Алтарь еще потрясся несколько минут и стих. Мурчавес долго собирался с духом и опять открыл. Принюхался. Заметил крохотные скляночки, от которых совсем не воняло. Лапой стал скатывать скляночки, они валились на пол и, заманчиво крутясь, закатывались под батарею.

Он с интересом наблюдал за траекторией падения, смотрел, куда закатывается пузырек, сталкивал новый. Одна из скляночек упала неудачно и разбилась. От лужицы пахло острой осокой и морем, сырым песком, спасительной разрыв-травой и горьким стеблем одуванчика, забытым запахом прокрученного фарша и детским духом маминого молока.

Лапы снова затряслись, железная воля ослабла. Мурчавес понял, что не в силах совладать с собой — его зовут, и он должен идти... Он спрыгнул и, покачиваясь от приятной слабости, пошел к манящей луже...

Очнулся он нескоро. Голова гудела, язык пересох, настроение было ужасное, хотелось пить, пить, пить — и снова спать. Мурчавес выкатил другие, не разбившиеся пузыречки из-под плиты и батареи. Поставил их в ряд, изучил этикетки, такие серые, с зелеными буквами, взвесил ситуацию и принял некое серьезное решение.

С тех пор он нередко заглядывал в Рай. Не желая больше застревать, карабкался на крышу и спрыгивал через дымоход. Отряхивался от головы к хвосту, чихал и направлялся к пылевизору. Очень ему нравились бессмысленные ловкие картинки. Склонял голову то влево, то вправо. Это было так же увлекательно, как следить за чайками и голубями. После чего стремительным прыжком взлетал на шкаф и наслаждался тайным знанием о собственном величии. Но все время спрашивал себя: как доказать всем остальным котам, что именно Мурчавес может быть тем самым — Главным и Единственным, Который их объединит, заставит их бояться и мурчать, мурчать и не сдаваться?

И в конце концов собрался с духом, и отправился на встречу с Мурдыхаем. Не потому, что уважал его — кроме себя самого, Мурчавес никого не уважал. Но потому, что кошки существа не коллективные. Они талантливо между собой дерутся. Выгибают спину колесом, изрыгают ужасные звуки, скачут вокруг противника на всех четырех лапах и быстро-быстро тычут когтями в глаза. Но подчиняться они не умеют. Нужна авторитетная поддержка, чтобы они согласились хотя бы послушать. Дали шанс воспользоваться правилом муравчика.

Что было дальше и чем это закончилось — мы уже знаем.

Пятая глава.
К святым котцам

И вот он опять на морском берегу, слушает вздорные выкрики чаек, плеск набегающих волн. Рядом лежит бесполезный «Майн Кун»... Плохо, очень плохо, хуже некуда! Грандиозный замысел провален! Грустно мне, грустно, погладьте меня!

Мурчавес, как в тумане, встал и сделал шаг навстречу волнам. Сейчас они его подхватят, понесут на глубину, швырнут о скалы, он будет до последнего грести, потом силы оставят его, и он медленно опустится на дно. Там его встретят огромные рыбы, хищные самовлюбленные креветки, к нему присосутся моллюски, и все вместе будут терзать его полное тело. «А! — будут говорить они беззвучно, — ты не щадил нас наверху, и теперь внизу расплатишься за это!»

Мурчавес тронул воду лапой и отдернул. Вода была ужасно мокрая и ледяная. Внезапно о камень хлестнула волна, и на кончиках его усов повисли брызги. Он с отвращением подергал шкурой и отступил. Умереть, оно, конечно, круто. Но нельзя ли как-то по-другому? Свет на Мурдыхае клином не сошелся, не захотел поддержать — и не надо; есть авторитеты и поавторитетней.

Мурчавес выгнулся, по очереди вытянул задние лапы, подхватил свой объемистый труд и резво побежал обратно в гору, к святым котцам. Для начала он решил пойти к котометанам — как-никак, свои, единоверцы. Хотя, по большому счету, ему было совершенно все равно; он был котом не очень-то религиозным.

Котометанский храм располагался на скале. Перед рассветом, в полдень и в закатный час Верховный Жрец карабкался на самую вершину, вставал на край и, плотно прижимая уши, кричал свое раскатистое мяу. Заслышав этот неуемный голос, мурчалойцы открывали сонные глаза, обращали морды на восток и засыпали.

Он застал Верховного Жреца за трапезой. Котята-служки, выстроившись в ряд, подносили белому расплывшемуся персу аппетитную мышатину и птичьи головы. Жрец подвешивал блюдо на коготь, смотрел на него с вожделением и отправлял в огромный рот. Жевал, облизывался и снова протягивал лапу.

Мурчавес склонил свою гордую голову и положил перед Верховным голубиное крыло, найденное по дороге. (Перо он зацепил когтем, потому что зубы были заняты «Майн Куном»; часть пути пришлось преодолеть, ковыляя на трех лапах.)

— Это тебе, о служитель, — сказал Мурчавес сладким голосом. — Прими мое скромное подношение.

Жрец вопросительно взглянул на крылышко.

— А ты уверен, что оно халявное?

— Я, святой котец, из Мурчалоя! Ты, наверное, знаешь меня: я Мурчавес. И мне известны принципы халявности.

— Хорошо, отложим твое крылышко на ужин. Ты, наверное, пришел поговорить о чем-то важном? Подожди немного, я доем, и мы с тобой начнем беседу.

Ждать пришлось довольно долго — после птичьих голов принесли черепашьи яйца, за которыми последовала заячья лапка, недоеденная лисами. Мурчавес сглатывал слюну — он с утра не ел и здорово проголодался. Кто бы знал, какой самоотверженности от него потребовало крылышко! Дотащить его и даже не погрызть...

Жрец промокнул подорожником морду, смачно вылизал лапы, каждую перепоночку отдельно, и с достоинством сказал Мурчавссу:

— Я слушаю.

Тот решил зайти издалека:

— О, уважаемый Жрец. Ты знаешь, что коты разделены, что между нами — непролазные границы...

— Ну уж прям и непролазные. И вообще, что здесь такого? — спросил его Жрец.

Первая попытка провалилась. Мурчавес попробовал избрать другую тактику.

— Неверные живут в долине, отрезали наши подступы к морю...

— А для чего нам море? — Жрец изумленно поднял мохнатые брови.

— Как для чего? Оно шумит. И в нем осьминоги, кальмары и рыба!

— Мы все равно ее едим, — ответил Жрец. — Так? А море нередко штормит. Так? Это опасное дело. Нет, моря нам не нужно. В горах, оно спокойнее. И отсюда все отлично видно. Так?

— Но мы могли бы покорить неверных...

— Это еще зачем?

— ...и обратить их в истинную веру.

— Ага, сейчас, — ухмыльнулся Жрец и дернул усом. — Обратим. Ты сам подумай. На берегу мое молитвенное пение не слышно. Так? Придется строить еще одно святилище и лазить на вершины дважды в день. Так? Я же похудеть могу.

Мурчавес плохо знал установления религии и поэтому забыл, как тяжело Жрецу взбираться на скалу.

— А ты назначь ученика, — предложил он чересчур поспешно и окончательно попал впросак.

Жрец ощетинился.

— У-че-ни-ка? — произнес он по слогам, с презрением. — Чтобы он что? Стал меня подсиживать? Подлеживать? Ты это... как тебя? Мурчавес. Ты запомни. Не твое собачье дело, как мне поступать. Так? Уходи подобру-поздорову, а то я тебе секир-башка устрою!

«Ладно, — подумал Мурчавес, оскорбленный словами Жреца и особенно сравнением с собакой, — тогда мы пойдем к котославным».

И ответил как можно язвительней:

— Крылышко-то верните. Пригодится.

От котометан до котославных путь неблизок. Первые предпочитают скалы, а вторые обустроились на взгорье, где шумят корабельные сосны. Отсюда открывается чудесный вид, и это место называется *Котриархия*. Почва здесь сухая, каменистая, даже гигантские корни пробурить ее не в состоянии, и стелятся поверх земли. Кое-где они переплетаются, выгибаясь кошачьими спинами и образуя норки. В этих норках служат красивую службу. Маститые котриархийные коты встают друг против друга, вращают хвостами и громко, утробно рычат. Остальные им подрыкивают. По окончании котриархийной службы кошечки трудной судьбы оставляют благодарственные подношения. Кто свежепойманную мышку, чтобы любимый кот-батюшка скушал. Кто вкусную голову рыбы. А кто и кусочек мясца, обмененный у местных хищников на каракатиц.

Возле входа в узловатый храм лежал огромный черный кот с отсутствующим взглядом. Он умиленно смотрел в пустоту и как будто бы не видел собеседника. Хотя на самом деле очень даже видел.

— Приветствую тебя, — сказал Мурчавес.

— Здравствуй, брат, — певуче ответствовал кот. Голос у него был тонкий, а манера выражаться — сладкая. — Ты, брат, к кому?

— Я хочу поговорить с его Котейшеством.

— Их Котейшество почивают, — с равнодушной нежностью ответил секретарь.

— А когда они проснутся?

— Будут с молитвой вкушать.

— А когда отвкушают… отвкушивают… поедят?

— Настанет время вечерней молитвы.

— И когда я с ним смогу поговорить?

— А никогда, — ответил секретарь. — Их Котейшество не для того, чтоб с ними разговаривать.

— А для чего же они?

— Шоб быть, — разъяснил секретарь с каким-то странным нездешним акцентом.

Ошарашенный таким неласковым приемом, Мурчавес развернулся и побрел к котоликам. Сил у него оставалось все меньше, он с утра таскал тяжеленную рукопись, ему хотелось подремать в теньке, а главное, перекусить... Но отступать было нельзя. Если у котоликов сорвется, значит, план его жизни погиб.

Дорога извивалась горным серпантином, огибала скалу и спускалась в песчаные дюны. В дюнах было очень красиво! Далеко, до горизонта — волнистая равнина, то золотистая, то белая. И пресная вода поблизости, в лесном зеленом озере. А ведь кошкам можно иногда не есть, но пить им нужно постоянно! В одной из дюн Котолики прорыли лаз, укрепили корнями песчаные стены; получился прохладный подземный собор. Сумрачный, строгий, суровый. Служили здесь иначе, чем в Котриархии. Медлительные тощие коты ложились мордами к приходу и заунывно мурлыкали; всех собравшихся клонило в сон, и это состояние считалось благодатным.

Первосвященник, пожилой благообразный кот, жил в нескольких шагах от храма. Котолики его любили и между собой называли Папашей. Вход в его обитель охраняли полосатые коты-гвардейцы.

— Ваш пропуск! — весело спросил гвардеец.

— Э-э, нету у меня пропуска, — несколько смутившись, возразил Мурчавес.

— Без пропуска нельзя! — еще веселее сказал полосатый.

— А как же быть?

— Не могу знать! — бодро доложил гвардеец.

— Тогда я просто войду?

— А войдите! — ответил гвардеец.

И Мурчавес оказался за оградой. Здесь было тихо, песчаные дорожки выметены верными хвостами, на грядках колосились овес и осока, древесная кора исполосована, висит мочалой. Словом, очень хорошо.

Он подошел к большой корзине, стоявшей посреди двора, оставил «Майн Кун» на пороге, взял голубиное крылышко в зубы и запрыгнул на плетеный край. Внутри было чисто, просторно. Папаша лежал на спине, а молодые кошки-кормилитки, чье духовное призвание — его кормить, полировали когти пилочками, расчесывали шерсть и нараспев читали книгу, смысл которой до Мурчавеса не доходил. Что-то про схождение и исхождение, а может быть, и снисхождение и принуждение; не разобрать.

Кормилитки на секунду подняли глаза, но тут же опустили и продолжили, как ни в чем не бывало, лакировать, расчесывать, читать.

— Кто это? — слабым голосом спросил Папаша. — Я без очков не вижу.

— Мужчина, — ответили стыдливо кормилитки. — С голубиным крылышком в зубах. А больше мы не разглядели.

— Эх вы, благочестивые кокетки, — вздохнул первосвятитель. — Ладно, сам поговорю. Тем более он с голубиным крылышком. Должно быть, миротворец. Спускайся, сынок, расскажи — кто ты, что ты, чего тебе надо.

Мурчавес осторожно спрыгнул вниз, не зацепив ни кошечек, ни маникюрные пилки, ни щетку. Отряхнулся вежливо, от морды к хвосту, элегантно поклонился, преподнес Папаше неразменное крылышко и завел осторожную речь.

Он понимал, что этот шанс последний, права на ошибку нет, нужно взвешивать каждое слово.

— В нашем мире торжествует грех, святой отец.

— Так, так, — согласился Папаша.

— Этот грех нельзя победить в одиночку.

— Как же ты прав! — восхитился Папаша.

— Котам необходимо обрести единство.

— Несомненно, сын мой, несомненно, — и Папаша засмеялся тихим смехом.

— А этому мешают ложные учения.

— Правда глаголет твоими устами!

— И только лишь учение котоликов способно примирить противоречия.

— Услаждающая речь!

— Так, значит, вы готовы действовать?

— М-м-м. Действовать... Хорошая идея. Надо будет над нею подумать.

И Папаша почему-то поскучнел. Но Мурчавес, вдохновленный прекрасным началом, не обратил внимания на тонкости; напрасно.

— Поручите это мне! — воскликнул он.

— Что поручить? — искренне изумился первоверховный.

— Процесс объединения!

— Объединения кого?

— Котов!

— Каких котов?

— Всех!

— Зачем?

— Но мы же только что об этом говорили! Чтобы истина торжествовала, чтобы ересь котославия и ложь котометанства уступили место правильному, мудрому учению котоликов и чтобы...

— Погоди, не спеши, молодой человек. Какой ты горячий. Действовать надо с умом. Ты сегодня высказал мудрую мысль: в нашем мире торжествует грех.

— Вот видишь!

— Надо ее обсудить. В этой мысли целых три вопроса. Первый. Что есть грех? Второй. Почему он торжествует? Третий. Что такое современный мир?

— Так давай же обсудим сейчас! И сразу же начнем объединяться! Я готов!

— Нет-нет, мы соберем ученейших котов и начнем дискуссию по первому вопросу. Думаю, что поколения за три–четыре мы управимся, найдем необходимые определения, которые позволят приступить ко второму вопросу...

И Мурчавес подумал, что он проиграл.

Шестая глава.
Нашествие тяфтонов

Всходило солнце, заходило солнце, приливы сменялись отливами, ночи становились холоднее, дни короче, надвигалась сырая приморская осень. Но в кошачьей жизни ничего не изменилось.

Премудрый Мурдыхай продолжал диктовать свой Кошрут. Дважды в день Верховный Жрец вскарабкивался на скалу. Вселенский Котриарх по-прежнему не принимал. Папаша размышлял о тайнах мироздания.

Кока-которцы ловили рыбу, пепси-которцы — кальмаров с осьминогами, мурчалойцы соблюдали принципы халявности.

Все были заняты привычным делом, и поэтому никто не обратил внимания на то, что Мурчавес пропал. Даже постаревшая мамаша. Что, в конце концов, неудивительно. У мамаши было шестьдесят детей, а может быть, все семьдесят; она давно потеряла им счет. И дружить он ни с кем не дружил, а своей семьей не обзавелся. Только из корзины одинокой Муфты доносились сдавленные всхлипы. Куда же ты делся, Мурчавес? Приходи ко мне писать «Майн Кун»...

А на излете сентября от корзины к корзине поползли пугающие слухи. Будто бы на подступах к кошачьим поселениям стали замечать собак! Бродячих! Голодных! И злых! Слухи стали обрастать деталями. Якобы передовой отряд собачьих сил перевалил через горную гряду, разбил в соседней долине привал и по ночам выходит на разведку. Страшные морды опущены, мокрые носы блестят, псы облезлыми хвостами заметают след. То подберутся к Мурчалою, изучат все ходы и подступы. То обследуют окраины обоих Которов — появятся, обнюхают и пропадут.

Не все хотели верить этим россказням, некоторые скептики ворчали: «Ну вас, откуда здесь взяться собакам?».

Но слухи нарастали, как лавина.

На рыночной площади (она вплотную примыкала к спальному району и тоже была разделена границей) с утра до вечера судачили торговки. Они больше не обмахивали прилавки хвостами, не шипели на чаек, не сбрызгивали рыбу. Рыбий глаз мутнел, светлели жабры, толстые мухи противно жужжали, чайки издавали плотоядный вопль, камнем падали вниз, выхватывали каракатицу или розовую барабульку и, покрякивая сквозь сжатые клювы, уносились вдаль. Но кошкам было сейчас не до них.

— А говорят, что у одной собаки человеческая голова! — причитала, выпучив глаза, трехцветная кошка по прозвищу Жорик (у нее было мужское имя, так случается). — Честно-честно! Мне рассказала соседка, а ей говорила подруга, а подруга врать не станет, вот ей-бо!

— Ужас-то какой! — восклицали товарки.

— А мне сказывала знающая кошка, — подхватывала мурчалойка, свесившись с плато, — что собаки готовят войну. Наших мужей они убьют, детей съедят, а нас... нас... возьмут себе в жены!

— Ах! — в один голос воскликнули все. — Что же нам, несчастным, делать?

— Надо прятать детей! А коты пусть готовятся к бою! А мы должны пополнить склады продовольствия!

С каждым часом голоса звучали громче, гнев нарастал, страх тоже. Казалось, кончится торговый день, и кошки, побросав товар, помчатся призывать котов на бой и рыть защитные окопы и траншеи. Но ничего подобного не происходило; кошки быстро впадают в раж, но еще быстрее выпадают из него. Солнце опускалось в море, надвигалась холодная ночь, и гасло боевое настроение. Кошки занимались обустройством: кто готовил ужин для отца и мужа, кто вылизывал котятам лапы и хвосты. А собаки... Что собаки... Завтра будет завтра, и тогда поговорим.

Что же до котов, то они не доверяли сплетням. Какие человеческие головы? Собаки-котоеды? Бред! К проблеме надо подходить рационально. С одной стороны, с другой стороны. Разбираем расклад. Ежели предположить, что их колонна наступает, то надо рассудить, чем отвечают наши...

Вскоре в Кока-Которе составился кружок, в который принимали лишь самых степенных, самых вальяжных котов. Здесь соблюдался принцип экстерриториальности, поэтому членами клуба были некоторые пепси-которцы и даже один особо одаренный мурчалоец. Изредка, скорей для развлечения, приглашали в гости многообещающую молодежь.

Члены клуба собирались за вечерним молоком, обмененным у горных козочек на зеленушку, не торопясь анализировали происходящее и делали различные предположения.

— Я лично глубоко уверен, что война собакам не нужна, они просто нас решили покошмарить, — рассуждал кот-британец Мухлюэн, и жмурил свои хитрые глазки. — Пошалят, пошалят да и сгинут.

— Не-ет, все серьезней, коллега! Никогда такого не было, и вот опять, — произносил в ответ солидный кот по кличке Дрозофил. Он немного гнусавил и всегда выражался туманно. — И мордобой-то опять не они же бы, не их же! Вот если бы их бы там навесить — это бы с удовольствием! А так что ж.

— Что вы хотите сказать? Вы за войну, или против? — бросался в бой молодой поэт Мокроусов.

Он прославился поэмой «Униженные и оскопленные», о трагической судьбе домашнего кота, и немного зазнался.

— Вы мне это тут не надо! — сердился Дрозофил. — Молод еще, не обсохло. Весь мир сейчас идет наоборот. Я полагаю, это неспроста. А вообще, вопрос философский.

Но молодой нахал не унимался:

— А я слышал, что собаки создали карательный отряд, называется он «Бравый Сектор», а бойцов для этого отряда готовили ночные волки!

— Спешка хороша при ловле блох. И в целом. Испугали кошку миской молока.

Так они лениво препирались, а в осеннем небе разгорались звезды, и не хотелось углубляться в неприятное. Философская беседа угасала, и вальяжные коты брели домой, где ждала их теплая постель и сытный ужин. Дрозофила мучила одышка, он ворочался на своей роскошной подстилке и размышлял о том, что надо будет попоститься... Британец Мухлюэн самозабвенно рассуждал о тайных пружинах политики. Его жена, мадам Мурниак, была мудрая кошка породы шартрез, настоящая француженка. Она умела спать с открытыми глазами, и мистер Мухлюэн был уверен, что жена восхищается его умом. Что и нужно для счастливого союза. Лишь молодой поэт Мокроусов мчался кошачьим аллюром, развивая огромную скорость. У него не было особых дел, но нерастраченная энергия не давала ему покоя.

А через неделю были разграблены склады. Те самые склады, где которцы хранят запасы на зиму: рыбу, вяленную на камнях, сушеных осьминогов, замаринованных в морской воде мышей. Собаки шуганули сторожей и вынесли все, ничего не оставив. Теперь котов ждала по-настоящему голодная зима.

И еще была осквернена Котриархия. По словам кота-секретаря, псы-тяфтоны неожиданно напали на него, скрутили и ударили по голове, а пока он приходил в себя, его Котейшество злодеи изгнали из обители. Нечистые животные хотели надругаться над священным саном, нанести удар по истинному котославию! Не иначе — в сговоре с котоликами...

(В реальности стая собак, истекая голодной слюной, пробегала мимо котриаршей резиденции. Завидев псов издалека, толстый секретарь, пыхтя, забрался на сосну, затаился на ветке и закрыл от ужаса глаза. Командир собачьего отряда встал под деревом и начал громко гавкать. Котриарх проснулся, стал ворочаться. Решив, что это горная лиса, один из начинающих бойцов сунул любопытный нос между корней. Обороняясь, Котриарх растопырил когтистую лапу. Собака испугалась, рассердилась и попыталась разрыть лаз... В общем, Котриарх ретировался. После чего собачий командир с трудом восстановил утраченный порядок; передовой отряд собак рассеялся, и понадобилось долгое время, чтобы собрать его в послушный строй.)

Положение стало опасным. Члены благородного собрания долго совещались и в конце концов постановили:

Всем представителям кошачьего народа, независимо от места проживания, прописки и религиозной принадлежности, собраться возле рынка. В семь утра, на митинг.

К двенадцати все подтянулись.

Седьмая глава.
Война и мр-р

Приморская площадь была забита до отказа. На месте рынка возвели помост — из досок, выброшенных морем. На помосте разместили самых уважаемых самцов, симпатичных активисток и бойкую доверенную молодежь. Что символизировало связь поколений.

В самом центре, в позе сфинкса, возлежали главы трех конфессий: лапы прижаты к земле, морды подняты, взгляд устремлен в небеса. Мурдыхай пристроился отдельно, с краю. Мне, мол, и тут хорошо. Дрозофилу это не понравилось, не одобрял он показную скромность. Но без Мурдыхая было обойтись нельзя, и Дрозофил согласился.

Забравшись на помост, он отдышался и поднял лапу для приветствия. Подушечки на лапе были розовые, но с темными аристократическими пятнами.

— Ну, что же. Много говорить не буду, а то опять скажу. Короче. Я бы не хотел о причинах, что произошло именно вот в это время. Я не любитель, никогда этим не занимался, это пусть кто-то другой.

Дрозофил замолчал. Все напряженно ждали продолжения. Подумав несколько минут, он подытожил:

— В общем, я предоставляю слово Мурдыхаю. Говори, но помни. Война, так сказать, или мр-р.

Мурдыхай с трудом приподнялся. За минувший месяц он еще сильнее постарел, на правом глазу появилось бельмо, а рыжая шерсть поседела клоками, словно кто-то белой кисточкой намазал.

— Дорогие мои, — сказал он старческим скрипучим голосом. — Дорогие мои. — И по мохнатой щеке покатилась слеза.

Слеза была большая, круглая. Толпа предпочла умилиться, кошки тихо всплакнули в ответ. А Мурдыхай утерся лапой и продолжил:

— В наши мирные селения пришли собаки.

— Пичалька! — крикнул молодой нахал с хвостом в кокетливую белую полосочку. Это был, конечно, Мокроусов.

На него возмущенно зашикали.

— Да. Они пришли. И мы заговорили о войне...

— Миа-а! — в ужасе ответила толпа.

— Но чему нас учит истинная вера? А учит она только добру. У котов с собаками был общий бог. Всех он питал и поил без разбору. И что же нам теперь забыть об этом?!

— Нет, не забыть! — вскричали кошки.

Они не понимали хода мысли, но старичок им нравился. Умненький такой! И добрый! Душка!

— Так из-за чего же мы решили воевать? Из-за жалких осьминогов и мышей? Налóвите еще — зима нескоро! Нет, братья и сестры! Я сформулировал вчера пять тысяч триста сорок седьмое правило Кошрута. Оно гласит: прежде чем начать войну, испробуй мира.

— Гым, — промолвил Дрозофил. — А какие будут предложения? Что, тык скть, вносим в резолюцию?

— Друзья мои, отправим в горы делегацию, пусть она поговорит с собаками. Может, они голодают? Может, им надо помочь? Пять тысяч триста сорок восьмое правило Кошрута: «Кот! Помни: бог любит тебя. Пес! Помни: бог любит тебя! Бог любит нас всех! Аллилуйя!».

Голос Мурдыхая дребезжал. Но говорил он очень убедительно и твердо. А кошки уважают убежденность. Они тут же осушили слезы и восторженно вскричали:

— Аллилуйя!

— Аллилуйя! — восклицали маленькие киски, изгибаясь кренделем и прыгая.

— Аллилуйя! — басили большие коты, привставая на задние лапы и кружась на месте, как будто их манят едой.

— Аллилуйя, аллилуйя! — попискивали малые котята и толкались.

— Гым-гым, прошу потише. Успокойтесь, говорю я вам, — строго стукнул лапой Дрозофил. — Слово предоставляется Его Превосходительству Верховному Жрецу.

Жрец выступил вперед, посмотрел на толпу исподлобья, недовольно покачал головой. Нет, он не согласен с Мурдыхаем. Мы не какие-нибудь слабаки. Так? Поэтому война, война и еще раз война. До самого обедного конца. Потому что у противника тылы, в тылах обозы, а в обозах — что? Запасы. Так? Будет, чем кошачеству обедать. «Так поедим!» — заключил он.

И толпа немедленно переменила мнение.

Но тут Верховного Жреца сменил Папаша. Он пожевал губами, ласково взглянул поверх очков. Восхищенные коты притихли. А Папаша начал певучую речь, она журчала сладко и спокойно. Он процитировал старинных мудрецов, порассуждал о сложности истории, а подытожил неожиданным призывом: надо сделать так, чтоб не было ни мира, ни войны.

Это предложение котам особенно понравилось. Поскольку отвечало их душевным устремлениям.

Дрозофил подошел к Котриарху, что-то прошептал ему на ухо, тот покачал головой. Дрозофил недовольно подергал кончиком хвоста, но возражать не стал: мол, не хочешь выступать — не выступай.

И объявил:

— Все те вопросы, которые были поставлены, мы их все соберем в одно место. И примем. На этом общее собрание объявляется...

— Нет, не объявляется! Не объявляется! — раздался сзади возмущенный голос.

Все оглянулись. И не поверили своим глазам. За спинами собравшихся стоял похудевший Мурчавес. Грязная шерсть в колтунах и колючках, хвост покрылся толстым слоем пыли.

И столько яркой воли, злой энергии было в нем, так полыхал его взгляд, что коты и кошки расступились.

Мурчавес прошел по дорожке к трибуне, стрелою взлетел на нее, изогнулся и начал вещать.

— Братья и сестры! К вам сегодня обращаюсь я, друзья мои.

(Кришнамурка где-то уже это слышала и попыталась вспомнить — где. Но память у нее была короткая.)

— Я глубоко разочарован. Что это такое, я вас спрашиваю? Один проповедует пораженчество. Другой призывает идти воевать. Третий вообще несет невесть что. Ни мира, ни войны — это как? Умур-ротворение агрессора? Потому что мы трусы?

— А ты-то что нам предлагаешь? — опять вмешался молодой нахал с полосатым хвостом.

— Я вам предлагаю поумнеть.

Говорил Мурчавес резко. Потому что знал кошачью психологию. И понимал, что только на еду и на опасность коты реагируют сразу. На все остальное — расслаблено. С перерывом на почесывание и вылизывание лап. Коту нельзя давать задуматься; нужно постоянно привлекать его внимание. Любой ценой. Хочешь — лаской, хочешь — резкостью, а хочешь — шуршащей бумажкой.

Поэтому вещал он энергично, задыхаясь от пророческого вдохновения и не останавливаясь ни на секунду:

— Да, собаки ушли. Но могут в любую минуту вернуться. Чтобы разграбить ваши спальные районы, разорить наш рынок и отменить традицию халявы. Это ясно?

— Ясно! — закричала восхищенная толпа.

— Значит, слушайте дальше. Сейчас нам не с кем воевать. Потому что собаки попрятались. Но мы обязаны к войне готовиться. Это я говорю вам, Мурчавес!

— А как? — хором спросила толпа.

— Как? А так! Мы проведем мобилизацию!

— А что такое — эта самая мы-би-ли-зация? — осторожно спросил Дрозофил.

— Это когда крепкие коты идут на службу в армию! Когда патриотические кошки сдают излишки продовольствия! Когда мы отрекаемся от разногласий и границ! И мы все подчиняемся мне! Котославные! Вам любо это?

— Любо! — прокричали котославные.

— А вам, котолики, подходит?

— Амен!

— Принимаете, котометане?

— Ассалям!

Мурчавес говорил не умолкая; его слова летели во все стороны, как переспелые оливки при порыве ветра. В какой-то момент он поднялся на задние лапы и стукнул себя лапой в грудь, но пошатнулся и больше предпочел не рисковать.

Толпа внимала, замерев. Она была ошарашена. Восхищена. Обезоружена. Так с ними никто не общался. Было чуть страшно, но здорово.

— И да ведет нас к великим свершениям счастливая кошачья звезда, — блестяще завершил свой спич Мурчавес.

— Не надо звезд! Ты веди нас! Мы твои! — стали раздаваться крики. Особенно неистовствовали молодые котики.

— Мур-ча-вес! Мур-ча-вес! — начали скандировать они, и площадь захлебнулась от восторга.

— Мурчавес! Мурчавес!

А он смотрел, прищурясь, на толпу, и наслаждался. Он смог! Он справился! И пусть ему пришлось пойти на тайные решения... Но тихо, мы об этом никому не скажем... Ладно!

— Качать любимого вождя! — взревели котики, и возле подиума началось столпотворение.

Восьмая глава, невеселая

Ликующие котики подбросили вождя — и расступились. Это было испытание на кошкость: настоящий кот обязан вывернуться из любого положения. Мурчавес ловко крутанулся в воздухе и встал как вкопанный на все четыре лапы. Это привело народ в неистовство: «Ур-ра!».

Пока все прыгали, мяукали и восторгались, Дрозофил с Мухлюэном перемигнулись и придвинулись к Мурчавесу вплотную. Подобострастно начали нашептывать в оба уха: «Мурчавес, ты великий! Ты теперь наш командир! Ты вождь! Мы знали, знали! Незаслуженное счастье — жить с тобой в одну эпоху! Но послушай совета, не брезгуй: нужно срочно закрепить успех».

Мурчавес ничего не отвечал. Он только поводил ушами. Это можно было понимать и так, что он согласен, и так, что ему все равно. Впрочем, опытные интриганы поняли желание вождя и сами поднялись на подиум. Он не хочет ничего решать, рискуйте сами. Если вас поддержат — хорошо, если нет... Ну что же... Это будет ваша неудача.

— Граждане коты! Минуточку внимания! — вскричал Мухлюэн.

Толпа ненадолго притихла.

— Цыц! — гнусавым голосом добавил Дрозофил.

— Есть предложение, — сказал Мухлюэн. — Избрать любимого Мурчавеса вождем.

— И назначить его генералом, — внушительно добавил Дрозофил.

Предложение охотно поддержали. У кошек было праздничное настроение. Им не хотелось заниматься скукотой. Площадное буйство продолжалось.

Мурдыхай смотрел на это безобразие и отказывался верить собственным глазам. Вольнозоркие коты вели себя как лизорукие собаки. Они ревели троекратное ура, лизались, обнимались, пускали легковерную слезу. И это все из-за чего? Из-за того, что появился вождь?! Друзья мои коты, вы потеряли гордость. Еще вчера вы были каждый за себя. А теперь у вас в единстве — сила! Все, как один! И все за одного! Тоже мне, свободное кошачество...

Новый вождь легко вскочил на скальный выступ. Смотрел на толпу сверху вниз и молчал. Он сам себе напоминал то каменное изваяние, которое нашел у входа в Рай, когда как следует расчистил заросли: могучего покоцанного льва с большим клыком и хитрым приоткрытым глазом. Ему хотелось верить, что одержана победа. Что счастье наконец-то улыбнулось. В этом его убеждал не народ. Народ — он что? Пойдет туда, куда его обманешь. А вот лжеца Мухлюэна и перекормленного Дрозофила не надуешь. Эти понимают все. И подставлять свои шкуры не станут.

Мурчавес приказал свистящим шепотом:

— Дрозофил! Пойди сюда.

Тот беспрекословно подчинился.

— Слушаю-с.

— Поручаю проявить инициативу. Предложи котам принять закон.

— Какой закон? О чем? — насторожился Дрозофил.

— О полной отмене границ. Ни Которов, ни Мурчалоя. У нас теперь единая держава. Одна за всех, где все — за одного.

— Как будет называться?

— Муршавель.

Дрозофил исполнил приказание. Говорил он коряво-невнятно, «продолжаем то, что уже много наделали», но котам не хотелось терять ни минуты вселья, и они, ни во что не вникая, подняли лапы. Закон был утвержден единогласно.

— Мухлюэн! — прошептал Мурчавес.

— Я весь внимание, сэр!

— Убеди котов, что нам необходима стройка.

— Какая? — практически не открывая рта, спросил британец.

— Грандиозная.

— Что строить будем?

— Мехополис.

— Что? Сэр, простите, я не понимаю.

— Мехополис. Грандиозную столицу государства.

— А, теперь осознал. И где создаем стройплощадку?

— В лагуне.

— Но там же котолики?!

— Подвинутся.

— Как прикажете, сэр. Название уже придумано?

— Мурром.

— Отлично! Прекрасное имя, сэр. Шедевр-р-р.

Коты, не особо вникая, поддержали оба предложения. После чего согласились, что пора создать секретную полицию для охраны общего порядка и ввести ежедневную подать, чтобы каждый десятый кальмар, пятая рыба, четвертая мышь переходили в пользу государства… У Мурчавеса в запасе было множество других идей, но все сразу объявлять неправильно — кот не должен быть пресыщен, иначе он начнет капризничать. А почему еда заветрилась? А где лоток? Для чего закрыли дверь, а ну откройте. Законы? Какие законы? Не желаю никаких законов. Гулять хочу.

Поэтому еще одно решение — и хватит. Сделав полушаг вперед, он широко поставил лапы, выгнул спину. И коты немедленно притихли, почуяв непонятную угрозу — срабатывало правило муравчика.

— Внимание, друзья мои! Внимание. Мы с вами пережили важную минуту. Снова стали единым народом. Но нам! Угрожает! Опасность!

— А ты же сказал, что собаки ушли? — ввязался неуемный Мокроусов.

— Нет, это не собаки! Точнее, пока — не собаки!

— А кто?

— Кто? Ты спрашиваешь, кто? Как ты наивен! Те, кого мы все считали братьями! Друзьями! Кому мы доверяли! Они готовятся вонзить вам когти в спину.

— Имена! — взревела возмущенная толпа.

— Имена? Всех имен не назову — не знаю! Пока. Но мы расследуем! Мы назовем! Открываю вам страшную тайну: тяфтоны не просто ушли. Они нашли среди котов предателей, шпионов, негодяев! Мы думаем, что это кот, а это настоящий пес в кошачьей шкуре!

Поднялся гвалт, коты с опаской озирались. Где переодетый пес? Подозрительно смотрели друг на друга: «А ты случаем не этот, не шпион?».

— Я сказал, что всех имен не знаю. Но нескольких предателей я объявлю сейчас! И вы ужаснетесь.

— Называй! Мы сильные, мы спр-р-равимся! — раздались голоса.

— Ну что же. Видите, на мне колючки? Присохшая грязь? Лапы мои расцарапаны в кровь. — Для пущей убедительности, Мурчавес помотал в воздухе лапой. — А все почему? Потому что я следил за псами. Я жил в горах. Я подслушивал их разговоры. И я знаю, кто на них работал!

Он эффектно замолчал, дожидаясь истеричного вопроса:

— Кто же это?

И воскликнул с пафосом:

— Они!

Мурчавес грозно указал на подиум. Святые котцы растерялись. Это он, что ли, про нас?!

— Думают, мы ничего не знаем. А мы-то знаем. Ну, чего молчите? Признавайтесь!

— В чем? — растерянно спросил Папаша.

— В чем? А то не знаешь сам?! В том, что выполняли тайное собачье задание! В том, что прикрывались богом и не давали нам объединиться! Долой предателей кошачьего народа!

— Долой! — вскричала озверелая толпа.

Сверкая восхищенными глазами, издавая многотысячное «миау!», благочестивые котолики, правоверные котометане и даже кошечки — любительницы батюшек, набросились на Котриарха, на Жреца и на Папашу. Их скрутили, обмотали водорослями, сложили друг на друга, как кули, и стали бить, кусать, царапать.

Но особенно досталось Мурдыхаю. Мурчавес лично подбежал к нему и завопил: «А вот и старый негодяй! Держи его, ребята! Не пускай! Он сочинил закон, запрещавший молодым котам жениться! Мышиный прихвостень, собачья кровь!».

— Как?! — взревели юные коты. — Мы не можем не жениться! — и дружно кинулись на мудреца.

Кришнамурка попыталась заступиться за Учителя. Бить ее больно не стали, просто грубо оттащили в сторону. А Мурдыхаю попортили шкуру, изваляли в прибрежном песке, надломили верхний зуб, на котором держался протез. И поволокли в пещеру. Туда же оттащили и святых котцов.

Кришнамурка побежала следом и потребовала, чтобы ее арестовали тоже. Мурчавес, усмехнувшись, согласился. Почему-то в голове его мелькнула мысль: а что, если и с ним когда-нибудь так обойдутся? Муфта останется с ним или нет? Но такого никогда не будет! Никогда!

Девятая глава.
Правление Мурчавеса

В пещере было холодно и влажно. Ныли раны. И грызла тоска. Старики унывали. Они прожили долгую жизнь, все их уважали и любили, слушали каждое слово, готовы были выполнить любую просьбу. Но в одну секунду им открылась бездна. Ничего они не понимали. Ничего.

Жрец предавался мрачным размышлениям и скрипел зубами по ночам. Папаша превратился в разговорчивого старичка. А Котриарх внезапно обнаружил, что у него есть слезный дар. С утра до вечера он горько, безутешно плакал.

— Терпи, твое Котейшество, — утешал его добрый Папаша, — терпением нашим спасем шкуры наши.

— Еще чего! — шипел Верховный Жрец. — Терпеть! Это ваши еретические штучки. Бог не заповедал нам терпеть. Он заповедал нам сражаться до последнего дыхания.

— Святые котцы, не собачьтесь! — шамкал Мурдыхай. — Только этого злодей от нас и ждет.

Вдруг огромный камень, которым был завален вход в пещеру, зашатался. В образовавшуюся щель охранники впихнули молодого котика с кокетливым хвостом в полосочку. Новоприбывший выгнул спину и вздыбил хвост трубой.

— Приветствую вас, господа.

Слово «господа» он произносил протяжно, нараспев — «га-спа-да», и слегка покачивался при этом от важности.

— Кто ты? — ласково спросил Папаша. — Где-то я тебя уже видел. И голос твой мне знаком.

— Я — гонимый поэт Мокроусов, — скромно представился котик.

— А, понятно. Здравствуй, Мокроусов. Как ты оказался здесь? И что такое «гонимый поэт»? Бог прогонял котов с колен... Но это когда еще было...

— Вы что же, ничего не знаете? Совсем? Вам не сообщают новости? — изумился котик. Живете, как за каменной стеной?

— За ней мы как раз и живем, — со вздохом признался Папаша. — Просвети нас, дружок, если можешь. Выведи из тьмы незнания.

Мокроусов приосанился, прокашлялся и начал свой рассказ издалека.

— Что вам сказать... Я начал сочинять стихи еще в утробе матери. Только-только родившись на свет, сразу стал задумчивым и мурчаливым. В то время, как мои сверстники гоняли мышек по двору, я...

— Погоди, голубчик. Погоди. Мы поняли: ты стихоплет. Но сейчас нам хочется узнать... — начал возражать Папаша.

Мокроусов его перебил, едва не плача от обиды:

— Я не стихоплет! Не стихоплет! Я большой современный писатель! Больше того: я поэт! Я работаю в жанре богбастера! Мою поэму изучают в школе!

— Ой, прости старика, я не знал, — примирительно сказал Папаша.

Мокроусов тоже сбавил обороты:

— Правда, сатирические нотки звучат в моем творчестве, но в основном я тихий лирик. Когда мне исполнился месяц...

Тут в разговор включился Жрец:

— Хорошо, Мокроусов, мы поняли, так? Ты настоящий молодец, поэт и все такое, так? Постарайся быть поближе к делу.

Мокроусов снова надулся. Он и так-то недолюбливал святых котцов, потому что в бога нужно верить лично и общаться с ним в душе, наедине. Лучше всего на закате, когда небо подсвечено розовым, красным, лиловым. Забираться на высокий склон, и, прищурившись, смотреть на облака... И при чем тут святые котцы? Тем более, когда они перебивают!

Но как всякий поэт, он обожал находиться в центре общего внимания. Поэтому, переступив через обиду, он продолжил. И незаметно для себя увлекся, стал описывать историю в деталях, в лицах разыгрывал сценки.

И чем ярче был его рассказ, тем грустнее становились старики.

...Завершая триумфальное собрание, Мурчавес лично отобрал десятка два котов, черных, гладких, с безжалостными желтыми глазами. Объявил, что зачисляет их в бригаду *готиков*, которые будут его охранять. Лично. Каждую минуту. Даже ночью. Пообещал, что будет их кормить бесплатно, обеспечив тридцать два подхода к миске в день (экономный Мухлюэн вздохнул, но смолчал).

Не успели простые коты позавидовать избранным готикам, как Мурчавес объявил набор в передовой отряд бесстрашных *гладиаторов*, чей гражданский долг — мурчать, когда их гладят и вылизывают шкуру. Но так мурчать, чтобы враги дрожали! Грозно! С оттяжкой! Раскатисто! Мр-р-р-р! И устроил массовое прослушивание. Коты по очереди подходили, распластывались перед ним, он милостиво их почесывал за ухом. Тех, кто издавал утробный звук, хвалил и принимал на службу, остальных отправлял восвояси.

Завершив текущие дела, он помахал уставшему народу лапой, что-то тихо скомандовал готикам, и они всей гурьбой удалились.

А на рассвете готики устроили побудку; они царапались в корзины и *мукарекали* противно: мя-а-а-а! Если им не отвечали с ходу, готики вставали на задние лапы и громко барабанили передними: а ну поднимайтесь, великий правитель зовет! Кто не явится сию минуту, пожалеет!

Все, зевая, стянулись на площадь. В первый раз за всю историю котов — без опозданий. И в изумлении уставились на сеть, разложенную возле кромки моря. Сеть была местами драная, но годная к употреблению, с большими поплавками из пробкового дерева. Со времен исчезнувшего бога здесь никто сетями не ловил. Собравшиеся были заинтригованы.

Мурчавес принял любимую позу — пузо втянуто, правая лапа вперед — и обратился к современникам с очередной зажигательной речью.

— Друзья мои! Пока вы отдыхаете, Мурчавес думает. А над чем он думает? Над тем, как жизнь была несправедлива. Рядом с нами — обильное море. В нем живут аппетитные гады. Плавают вкусные рыбы. Особенно мне нравится сибас... но это в сторону. Нам приходится часами ждать отлива, когда они останутся на берегу, и это если повезет! Прискорбно, родные мои. Надо поступить иначе.

— И как же? — ехидно спросил Мокроусов, никогда не умевший помалкивать.

Соседи строго посмотрели на него, но сейчас Мурчавес был в хорошем настроении: его мечта исполнилась, он всех любил. И ответил Мокроусову с показной лаской:

— Я думаю, пришла пора расширить территорию. И еще тесней объединиться.

— С кем?! — продолжал Мокроусов с издевкой.

— С обитателями, так сказать, морского дна. Предлагаю провести среди них референдум, — терпеливо разъяснил Мурчавес.

— О чем? — продолжал паясничать поэт.

— О присоединении к кошачьему столу! Спросим мнение наших друзей и соседей, — еще дружелюбней продолжил Мурчавес.

— Да ведь они ж немые!

— И об этом Мурчавес подумал. Лозунг референдума таков: «Молчание — знак согласия». Властью, данной мне вами, назначаю референдум на сейчас. В счетную комиссию включаю Дрозофила, командира готиков и дирижера гладиаторов.

Все названные робко подошли в вождю.

— В председатели комиссии я предлагаю мистера Мухлюэна. Поскольку он природный англичанин. Обеспечим, так сказать, международное участие. Чтобы никто потом не сомневался. Не против?

— Не пр-ротив!!!

Мухлюэн выступил вперед; глазки его так и бегали.

— Кстати, я хочу с сегодняшнего дня назначить мистера Мухлюэна министром финансов. Доверим ему?

— Довер-р-рим! Нам нр-р-равится! Хор-р-роший министр-р-р! Прекр-р-расный р-р-референдум!

— А Дрозофил пусть будет гуляйтером.

— А что это такое?

— Ну, это на старинном иностранном языке — глава кошачьего правительства. Смотрите, какой он солидный. Годится?

— Годится!

— Дрозофил! Тебе оказано высокое доверие! А вы, дорогие мои, за работу! Кошечки! Чините сети! Готики! Вбивайте колышки! Гладиаторы, прошу рычать! Это наша акватория! Нечего тут всяким чайкам ошиваться! Кыш! Разлетались тут.

По команде Мурчавеса сети закинули в море: черные готики плыли сквозь волны, страшно выпучив глаза и прижимая уши. Когда они вернулись на берег, смотреть на них было больно: тощие, облезлые скелеты, огромные, несоразмерные глаза... Кошечки стыдливо отвернулись.

А Мурчавес встал на берегу пустынных волн и обратился к обитателям морских глубин. Он объяснил, как выгодно входить в состав могучего кошачества. Если обитатели морского дна поддержат начинание Мурчавеса, ни одна лихая чайка не посмеет похищать сго сограждан. Ни один самоуправный кот не станет после шторма собирать добычу. Все будет справедливо, без напрасных жертв. Улову подлежат лишь те, кто нужен государству в данную минуту. В количествах, не превышающих потребность.

Мокроусов давился от смеха. Очень уж комично выглядел Мурчавес, вещающий воде и облакам. Однако остальные отнеслись к происходящему серьезно; они стояли за спиной вождя и молитвенно смотрели в голубое небо.

— Ну, все, пора! — сказал самозабвенный вождь. — Готики! Тяните сети! Кошки! Приласкайте гладиаторов! Вылизывайте их с ног до головы. Гладиаторы! Мурчим на полную и не халтурим. Чтобы ни одна поганая скорпена не пропала!

Чайки крякали от жадности, обиженно кричали друг на друга, но спускаться к воде не решались: рокочущий звук их пугал.

Готики успели высохнуть и по второму разу в море не полезли; по хвосты зарываясь в песок, они вытягивали сеть зубами. Пятились, как раки, и кряхтели, потому что сеть была тяжелой, а улов — обильным.

Кого только не было здесь! Многорукий осьминог с космическими, лунными присосками. Каракатицы, похожие на крохотных бегемотиков. Дорады с выпяченной нижней челюстью и смертельно обиженным взглядом. Сибасы с растопыренными плавниками, острыми, как зубчики наточенной пилы. Злодейские мурены, мощные распластанные скаты, равнодушная кефаль, блескучие анчоусы. Все они бились в истерике, чешуя сверкала на холодном октябрьском солнце.

Такого изобилия кошачество еще не видело ни разу. Даже поэт Мокроусов осекся — он бы и хотел по-прежнему шутить, да был пока не в состоянии. Увиденное потрясло его до глубины души.

— Ну как? — спросил Мурчавес самодовольно. — А вы не верили.

— Мы верили, — прошептали изумленные коты.

— Верили, верили! — подтвердили кошки.

— Что, рыбы! — вождь со смешком обратился к улову. — Видите, какое дело? Мы, в отличие от вас, дышать на глубине не можем. Поэтому пришлось вас пригласить сюда — как законных представителей морского царства. Итак, повторяю вопрос: вы голосуете за присоединение к кошачьему столу? Кто против, пусть скажет сейчас, или не говорит уже никогда. Что же. Никто ничего не сказал? Мухлюэн, Дрозофил, солдаты! Предлагаю зафиксировать итоги.

Комиссия пересчитала рыб и гадов. Из-за осьминогов и кальмаров вышла нестыковка: Дрозофил считал по головам, а Мухлюэн — по конечностям. Но в конце концов они договорились и громко объявили результат:

— За — триста сорок шесть молчаний, против — ни одного голоса.

Теперь Мурчавес предложил голосовать котам.

— Да зачем! Мы за! Понятно же, что за!

— Нет, дорогие мои. У нас ведь не какая-нибудь тирания. Поэтому, кто за, давайте, поднимайте лапы. Отлично. Кто против? Нет. Кто воздержался?

Мокроусов поднял лапу. Сам не понимая, почему. Он не то чтобы был против изобилия. Наоборот! Но что-то смущало, тревожило душу. А поскольку у поэтов чувство обгоняет размышления, он, не раздумывая, воздержался.

Мурчавес тяжело взглянул в глаза бунтовщику. Терпению его пришел конец. И настроение испортилось.

— Что же. Некоторые отрываются от коллектива. Ладно, так и запишем. А вас, дорогие мои, поздравляю. Отныне этот берег наш. И все, что видите до горизонта, тоже наше. Объявляю массовые заготовки: коллективно чистим рыбу, вялим осьминогов. Набиваем склады до отказа, восполняем понесенные потери. Потом приказываю отдохнуть, набраться сил, а вечером отметим праздник... Пусть он будет называться Ночь единства и согласия.

Десятая глава.
Арест

«Луна была большая и круглая. Мерцали звезды, начинался прилив. Море казалось черным, было страшно...»

Мокроусов заводил глаза, топорщил молодецкие усы. Святые котцы предпочли бы рассказ попроще, без сравнений, но собеседник по-другому не умел.

«Вождь сильно опоздал. Явился он в кольце телохранителей. В зубах Мурчавеса была дырявая авоська, в ней глухо звякали какие-то пузырьки.

— Ну вот, — сказал он, — вроде, все готово, можем начинать.

Торжественно взмурчали гладиаторы. Вертихвостые коты исполнили старинный танец: ходили взад-вперед восьмеркой, у помоста замирали, распушая хвост, и мелко-мелко им трясли, пуская по шерсти волну.

В общем, пригласили нас к столу. Коты себя ждать не заставили, набросились на угощение. Кое-где вспыхнули драки, раздались истеричные вопли и шип.

— Стоп-стоп-стоп, — сказал первоверховный вождь. — Куда это годится. Безобр-р-разие! Ну-ка, быстро привели себя в порядок, я тут кое-что для вас надыбал.

Ссоры мигом прекратились. Любопытство у котов сильней, чем жадность — это известно любому.

Мурчавес вынул из авоськи пузырек, зажал его передними лапами и зубами сорвал с него крышку. В пузырьке плескалась жидкость, она пахла так маняще, так волшебно, что коты зажмурили глаза и, раздувая ноздри, стали нюхать воздух.

Вождь вылил содержимое в старую пластмассовую миску и предложил:

— Угощайтесь! Каждый может сделать два лизка! Не больше! Готикам и гладиаторам не подходить! Им запрещаю пробовать под страхом смертной казни!

Служивые коты со вздохом подчинились. Оно, конечно, хочется лизнуть, но тридцать два подхода к миске против двух глотков — это довод. Остальные выстроились в очередь. Приложившиеся к миске вели себя странно: пошатывались, громко беззастенчиво мяукали и сигали с места в карьер. Некоторые забегали в воду и барахтались в ледяных волнах, пытаясь схватить отражение белой луны. Другие с разбегу взбирались на гору, третьи зависали на деревьях и почему-то все истошно выли.

Я, — продолжал Мокроусов, — с трудом дождался своей очереди. Лизнул два раза, как положено, и почувствовал, что хвост наливается тяжестью, а лапы стали легче пуха! Божественный напиток пах полынью, виноградом, морем; в общем, чем он только не пах! Нектар богов...

А Мурчавес ласково шепнул:

— Хочу сделать тебе, Мокроусов, подарок! За твой острый смелый язычок. Ты можешь сделать несколько глотков.

Ну, и я, конечно, соблазнился.

Меня повело в сторону, луна растянулась и стала похожа на дыню, а море накренилось и хотело перелиться через край! Стало и страшно, и весело. Мне казалось, я качаюсь на волнах, а хвост меня держит, как якорь. Я зачем-то взлетел на скалу. Как не сорвался, не знаю... Свесился вниз, заорал, а сердце колотится, а в голове туман, а в душе перемешались радость с ужасом, а в глазах все вверх ногами!

Счастье!

Что было после, помню очень плохо. Какими-то обрывками. Кусками.

Вот я просыпаюсь. Кто-то сильный, черный, желтоглазый пытается схватить меня за шкирку. А другой меня тащит за хвост.

Вот проваливаюсь в новый сон, а когда пробуждаюсь от боли — понимаю, что лежу на каменном пороге, а надо мной сплошные листья и колючки.

Соображаю туго, мыслей нет, в ушах звенит. Засыпаю. Снова просыпаюсь, от удара. Чихаю: горько пахнет гарью. Меня волокут по гладкому настилу, связывают водорослями лапы, оставляют лежать.

Опять я сплю. А когда открываю глаза, передо мной на пыльном старом кресле восседает собственной персоной вождь — и смотрит на меня с презрением и любопытством. Рядом с ним, по стойке смирно, готики. Их желтые глаза сверкают злобой. Им же не дали попробовать. А гаденышу — пей не хочу.

— Что, Мокроусов, оклемался? А вот не надо баловаться валерьянкой. Ты, брат Мокроусов, перебрал.

Что такое валерьянка, я не знаю, но, с трудом ворочая языком, передразнил:

— Я перебрат.

Но Мурчавес шутку не понял».

— Прости, дружок, мы тоже. Поясни, — осторожно, как к больному, обратился к Мокроусову Папаша.

Тот хмыкнул и сделал кислую морду. Ну что за жизнь. Никто не способен оценить игру слов.

— Что тут понимать? Он ко мне обращается — «брат». И говорит: «ты перебрал». А я ему в ответ — «не перебрал», а «перебрат». Понятно?

— Нет, — честно признался Папаша.

— А ну вас всех. Я продолжаю.

— Продолжай.

«Итак, Мурчавес тоже ничего не понял. Рассердился.

— Вообще-то мог бы и спросить, где ты и как тут оказался. Ну, и что с тобою будет. Неужели неинтересно?

Я промолчал.

— Ладно, не хочешь спрашивать — не спрашивай. Так и быть, я сам скажу. Ты, брат, в Раю. Что, страшно? Стра-ашно, брат, я знаю. Я поначалу сам боялся».

Котриарх не выдержал, сглотнул слезу и уточнил:

— Что ты сказал? Это правда? Он переступил порог святилища?

— Думаю, порога он не переступал. Там же заперты двери и окна! Меня-то сбросили через трубу...

— Шайтан! — сурово буркнул Жрец.

— Сотона! — поддержал его Котейший.

— Но продолжай, пожалуйста. Нам интересно, что же было дальше, — добавил примирительно Папаша.

«...Он уставился своими наглыми, навыкате, глазами. И спросил:

— Ты догадался, Мокроусов, откуда у меня сеть? Конечно, отсюда. И валерьянка. Ну, та магическая гадость, которой ты напился? Знаешь, где она была? В Святилище. Точнее, в Алтаре, на верхней полке. И, представь себе, не выдохлась, а только сильней настоялась!

— Ты что же, рылся в Алтаре?! — я прервал молчание.

— Смотри-ка, он заговорил! — осклабился Мурчавес. — А то на площади ты бойкий, а здесь из тебя слова не вытащишь. Ладно, так и быть, отвечу. Что такое Алтарь, как не склад? Я всего лишь похозяйничал на божьем складе. Не пропадать же добру.

Я, — добавил Мокроусов, — в ужасе закрыл глаза.

— Какие мы нежные. Но закрывай глаза, не закрывай, а я решил тебя арестовать. Ты это... забыл, как называется... смутьян. Посиди-ка ты, дружок, в пещере. И подумай, стоит ли переть против нас. Эй, готики! Тащи его!

— Слушаем, господин генерал!

Желтоглазые взбодрились; похоже, им нравится мучить. Меня обвязали веревкой, конец ее закинули наверх и дружно потянули. Я болтался в воздухе, как куль, меня мотало из стороны в сторону, я выпачкался в саже! А потом отволокли сюда».

— Мда... Весьма печальная история, — заметил философски Котриарх.

— И поучительная, — невесело подвел черту Папаша.

Одиннадцатая глава.
Предчувствие Мурчавеса

Однажды в середине декабря Мурчавес возлежал в своей царской корзине, накрытой вонючей клеенкой. По клеенке звонко били капли и мешали как следует думать. А подумать ему было о чем.

С одной стороны, он добился всего. Море — наше. Горы — наши. Берег — наш! Склады забиты. В дюнах, посреди размокшего песка, воздвигается прекрасный Мехополис. Там не будет никакого хаоса, аляповатого скопления корзинок. Посередине — дорога из гальки. Вдоль нее однообразные плетеные строения. Строгая, воинственная красота. Все, как с детства нравится Мурчавесу.

Его иногда называют жестоким; он это знает, тайная полиция ему доносит. Но по-другому с котами нельзя. Недавно готики и гладиаторы перессорились из-за пайков, он не стал тянуть кота за хвост и устроил массовую чистку. Самолично отыскал зачинщиков, отвел их под конвоем в райский дом и включил хозяйский пылесос — удивительно, но техника еще работала. При виде трубы, в которую засасывает шерсть и кожу, бунтовщики заплакали, раскаялись и обещали больше никогда и ничего. Ни-ни. Ну честное слово. Ну правда!

Он их помиловал. Но сделал вывод: нельзя никому доверять до конца. И нужно всегда демонстрировать силу. Поэтому отныне гладиаторы с утра мурчали общий сбор, готики притаскивали очередную жертву, и Мурчавес, возлежавший на камнях, лично приговаривал врагов Котечества (как он выражался, «каждому — свое»). Истинных злодеев заключал в пещеру, а членов их семей переселял в дырявые корзины на окраине; хорошее жилье передавалось готикам. Жадины, не заплатившие налоги, отправлялись в трудовые лагеря. Мягче всех наказывали драчунов: вождь питал к ним понятную слабость. Им выносили порицание и отпускали восвояси. Пока они опять не попадутся.

А еще он учредил отдельный взвод мурпехов. Все морские котики как на подбор. Короткошерстные. Носы приплюснуты, хвосты пружинистые, крепкие. Во взоре суровая ясность. И как они тренировались! Загляденье. Взлетали на холмы, скатывались кубарем на берег, подпрыгивали и переворачивались в воздухе, только хвосты развевались! По команде рыжего сержанта забегали в море и плыли с грозными приподнятыми мордами. Внезапно разворачивались и гребли обратно. Выбегали на песок, брезгливо дергали задними лапами и отрабатывали прием психической атаки. Выгибались кренделем, смотрели исподлобья и шипели.

Но летело время, портилась погода, и чем сонливей становилось настроение кошачества, тем Мурчавес чаще замечал расслабленную томность. Дескать, ты великий вождь, и все такое, но че-то холодно сегодня, че-то мокро, давай-ка мы пока поспим. Конечно, в декабре котам положено дремать. Но если так пойдет и дальше, их героический энтузиазм угаснет, и они впадут в привычную анархию. Она же своеволие. Неподчинение любимому вождю.

И что тогда? Нетрудно догадаться. Готики взбунтуются. Мол, не полезем в ледяную воду, не хотим, волны сильные, улов тяжелый... Мурпехи разбредутся по домам. Охрана потеряет бдительность. Заключенные отвалят камень, разбегутся. А все эти гуляйтеры с министрами — изменят. Пока все хорошо и можно потихоньку красть, они с Мурчавесом. Как только станет плохо, предадут.

Вождь перевернулся на спину, лапы сложил на груди, уставился в вонючий потолок. Вечный дождь! Ну сколько можно! Надоело!

Снаружи троекратно поцарапались. Это был условный знак — пришли доверенные гости. Мурчавес ответно царапнул ребристую стенку. Край клеенки приподнялся, показалась пушистая морда с кулечком в зубах.

— Ох, Муфта, ты же вся промокла, — сказал Мурчавес и подвинулся.

— Я быстро высохну! — пообещала Муфта. — Вот, попробуй, я сама готовила.

Вкусно запахло кальмаром.

— М-м-м... Что, выдерживала в травах? — заинтересовался Мурчавес, и Муфта расплылась от счастья.

— Да! Покушай, дорогой Мурчавес!

— Не покушай, а поешь. Так выражаются культурные кошки, — наставительно сказал Мурчавес и слопал вкусного кальмара в два укуса.

— Хорошо, я буду говорить, как ты меня учишь.

— Ну, ты, кажется, просохла. Можешь лечь на спинку, рядом, у меня есть несколько свободных минут, поболтаем.

Кошечка с готовностью пристроилась ему под бок, сунула морду подмышку Мурчавесу, лапу положила ему на живот и ласково затарахтела. О таких, как Муфта, кошки говорили с некоторой завистью — ах, какой же прекрасный *тарахтер*!

— Как там поживает мой народ? — благодушно поинтересовался Мурчавес.

— Ой, народ, такой народ, ему бы только поворчать да побояться.

— А на что ему ворчать? — насторожился генерал, чувствуя, что подтверждаются предчувствия. — У него же все есть? И чего ему бояться? Он в полной безопасности. Не понимаю.

— Милый, ты не обращай внимания, — сказала Муфта, разнежившись и поочередно выпуская коготки. — Поворчат, поворчат — перестанут. А вот мы с тобой...

— Не-ет, погоди про мы с тобой. Начала рассказывать — и продолжай. Все равно уже не успокоюсь.

— Ох, — вздохнула кошечка, — как хочешь, милый. Ворчат они, что скучно как-то стало, неинтер-ресно, не нр-равится. Вот раньше, говорят, др-ругое дело. А что другое дело? Лучше и не спрашивать. Выпучивают глаза, скачут скандибо́бером: иди, иди отсюда, знаем, на кого работаешь!

— Та-ак, — сурово произнес Мурчавес и еще раз мысленно похвалил себя за проницательность. — Мурчавес услышал тебя. Он будет делать выводы. Но чего же они в таком случае боятся?

Он резко повернулся набок и уставился в глаза подруге. Выдержать этот пристальный взгляд не мог никто, все отводили глаза.

А кошечка кляла себя за откровенность. Нет бы, как мама учила, прикинуться трехцветной муркой, похлопать глазками, сказать: «Народ тобой гордится!», после чего зевнуть и предложить: пойдем др-ремать? Теперь вот отвечай на неприятные вопросы.

— Войны они боятся, вот чего.

Мурчавес приподнялся и навис над Муфтой. Ей стало страшно.

— И ты боишься?

— И я.

— Тогда на сегодня все. Оставь меня одного. Мурчавес будет принимать решения.

— А можно я полежу в уголочке? Я ничего не буду говорить... Там, снаружи, мокро, холодно, мне грустно без тебя...

— Нельзя.

Выпроводив Муфту, он стал ходить по кругу. Доходил до стенки, поворачивался, шел обратно. И снова менял направление. Внимательно смотрел на себя в большое зеркало, найденное там же, где клеенка, — в райском шкафу изобилия. Принимал то строгий, то милостивый вид, любовался своим отражением. И опять бродил — туда-сюда, туда-сюда.

Сердце его колотилось, голова горела, он лихорадочно бормотал: «скучно... как раньше... война...».

Бог ты мой, он снова все предвидел! Все рассчитал и продумал ходы!

Двенадцатая глава.
Священное предание собак

Потому что никуда собаки не ушли, и Мурчавес знал об этом с самого начала. Как знал он и о том, что псы обосновались в небольшом ущелье возле перевала, в двух часах трусцой отсюда. Построили себе удобное жилье: грудой навалили камни, сверху накидали лапник, снизу постелили мох.Олучилась большая казарма, в которой приятно дремать, привалившись боком к теплому соседу (собаки коллективные животные: для них чем кучнее, тем лучше.) Снаружи ночь, клубятся тяжелые тучи, льет дождь, пахнет плесенью, раскисшей глиной, а ты зароешься в солому, закроешь лапой кожаный блестящий нос, и закемаришь.

Снился им один и тот же общий сон: как будто бы они опять в Раю, где в мисках не кончается еда и у каждой собаки — ошейник. Бог склоняется, цепляет поводок и громко чмокает губами, как целует... В этом сне им представали предки — основатели собачьей стаи. Дворовый Сидор жил в отдельной будке и с утра до вечера утробно гавкал. Ризеншнауцер Алиса обитала в доме, ей полагалась мягкая подстилка и завидный резиновый мячик, но за это приходилось выносить причуды божиков. Они ее седлали, дергали за хвост и щекотали ноздри перышком. Узкомордая борзая Ласка без устали носилась по газону; с ней бог любил охотиться на зайцев и хвалил ее *поимистость*. Такса Люся ненавидела кротов и все время ходила с ободранным носом. Ее тоже брали на охоту, поскольку таксы разрывают лисьи норы и мертвой хваткой держат рыжехвостых.

Собакам очень нравилось начало сна. Они поскуливали, дергали хвостами и блаженно раздвигали пасти, улыбаясь. Сидор аппетитно грыз баранью кость. Алиса спасалась от божиков, но паркет был предательски скользкий, лапы расползались, божики с гиканьем ее ловили и превращали в маленькую лошадь. Борзая бегала туда-сюда, воображая, что охотится на дичь. А Люся завернулась в шерстяной, пропахший псиной плед, по-старушечьи надвинула его на лоб, выставила кончик носа и храпела.

Тут собаки хмурились и клацали зубами; сладкий сон завершался тяжелым кошмаром. В тесный двор заезжали большие машины, с громким топотом вбегали люди в сапогах, брезентовых штанах и куртках. Собаки называли их *богхантеры*. Сидор натягивал цепь и хрипел, глаза его вываливались из орбит и наливались кровью. Люся пыталась вцепиться пришельцу в сапог, Алиса прикрывала своим телом божиков и скалила большие зубы, а Ласка прыгала на похитителей и пыталась их порвать. Тут из дула вырывалось пламя, из ружья вылетала горячая гильза, и Ласка валилась на землю...

На этом месте все собаки просыпались, задирали морды, поминально выли, после чего опять укладывались спать, и тот же самый сон им снился с самого начала. Он заменял им всякое предание, поэтому священники им были не нужны, а нужно было только *братское общение*. Встречаясь, они говорили: «брат, блохослови!», «блохослови, сестра!», и мокро лизались.

Блох они вообще упоминали часто. Каждый новоизбранный вожак обещал повысить блохосостояние народа. И была даже грустная песня, которую собаки пели при луне:

> Ваше блохородие,
> Госпожа удача!
> Для кого ты добрая,
> А кому иначе...

Вплоть до теперешней осени собаки жили за далеким перевалом, в богатой цветущей долине, где, конечно, тоже был не рай, но в общем и целом — неплохо. Летом горы останавливали жаркий воздух, а зимой распарывали тучам брюхо, так что снег вываливался на вершины. По горам туда-сюда скакала пища, в речке были запасы вкуснейшей воды. Но как-то, минувшей весной, стая проснулась от страшного шума поперек божественного сна. Собаки начали метаться, громко гавкать.

Молодой вожак по прозвищу Псаревич, пегий пес с большими мятыми ушами, пролаял общую тревогу: всем-всем-всем! Заслышав твердый голос командира, псы успокоились. Молча и сосредоточенно выстроились перед вожаком.

Псаревич обратился к ним:

— Дорогие псоотечественники! Гав!

— Гав! Гав! Гав! — раскатисто ответили собаки.

— Сами чуете, что происходит.

— Чуем!

— Значит, так. Слушайте мою команду: стройся! Объявляется военное положение. Я буду это... ваш гавком. И это... значит, я приказываю отступать.

Собаки изумленно заворчали: «Отступать! Это почему еще? А наши героические предки? А праматерь-мученица Ласка? А славные военные традиции?».

Но Псаревич был непреклонен:

— Говорю вам, будем отступать, соблюдая боевой порядок. Значит, это... поднимаемся на горное плато. Занимаем, так сказать, позицию слежения. Это... всем понятно?

— Всем!

— Прошу отвечать по уставу.

— Всем, товарищ гавком! Гав-гав-гав.

— Вот и славно. Женский пол и щенков попрошу в середину, я иду впереди. Построились? Песню запе-вай!

И собаки, дружно завывая, выдвинулись в нелегкий путь.

Тропинка петляла, острые камни кололись. Колонна добралась до цели только к середине дня. Рядовые псы повалились в тенечек и тяжело дышали, вывалив наружу языки. А вожак пересилил себя и продолжил работу. Он встал на самый край крутого склона и посмотрел вниз.

Внизу стояло множество машин с длинными прямоугольными телами. Мельтешили маленькие люди, напоминавшие ему богхантеров. Они вытаскивали всякие блестящие предметы, бесконечные черные трубы, скручивали, свинчивали, собирали. Из машин выдвигались железные челюсти и грызли, дробили, кусали породу.

В сумерках все вроде стихло. Псаревич понадеялся: ушли. Но не тут-то было. На рассвете взревели моторы. В земле появились глубокие дыры, в эти дыры люди загружали трубы, из труб вырывался удушливый запах, а над самой длинной полыхнуло пламя. И на следующий день все было то же самое. И через день. И через два.

Вскоре местное зверье, напуганное грохотом и вонью, начало великое переселение. Никто ни на кого не нападал, все соблюдали вечную традицию: во время вынужденного бегства — общий мир. Двигались отдельными колоннами. Рыжие пружинистые лисы. Щетинистые черные кабанчики. Бестолковые зайцы. С молчаливой обидой, сжав клювы, над беглецами нависали коршуны; глупо каркали зловредные вороны; щебетали дураковатые воробьи.

Псы никуда не пошли, и вскоре есть им стало совершенно нечего. С голодухи они устроили запруду в горной речке. Брезгливо заходили в воду и пытались захватить вертлявых рыб зубами. Рыбы ловко ускользали. Собака, упустившая еду, сердилась, заносила над водою лапу и, прицелившись, била по рыбе. А потом с недоумением смотрела то на воду, то на лапу, то на собственное отражение, не понимая, как могла промазать.

Но это еще было полбеды. Настоящая беда пришла позднее: к излету лета пересохло русло, а в сентябре начались заморозки, по ночам зуб на зуб не попадал. Собаки потеряли всякую надежду на спасение. У многих развилась болезнь острохандроз — это когда исчезает надежда и собака впадает в хандру. Она лежит с утра до вечера, полуприкрыв глаза, не ест, не пьет и думает про всякое плохое.

И тут **оно** явилось. На четырех коротких лапах. С пушистым хвостом и усами.

Собаки глухо зарычали, многие сделали стойку, у некоторых шерсть на холке встала дыбом.

— Всех приветствую, — сказало им спасение. — Спасибо, что решили не набрасываться сразу. А то могли бы и порвать. Вполне могли бы. Обещаю: вы не пожалеете.

Тринадцатая глава.
Протокол псионских мудрецов

Спасение взглянуло исподлобья и безошибочно определило вожака. Подошло к нему, мягко пружиня, и, не испытывая ни малейшего смущения, спросило:

— Ты здесь, что ли, старшой? Как зовут?

— Псаревич, — изумленно ответил вожак.

— Как-как? — осклабилось спасение. — Правда, что ль? Ну ничего, бывает. А я — Мурчавес. Будущий объединитель всех котов. Уполномочен провести с тобой переговоры.

— Кем, эт самое, уполномочен?

— Сам собой. Есть у меня до тебя разговор. Отойдем?

Вожак растерянно кивнул. Он не привык, чтобы ему грубили, с ним полагалось разговаривать почтительно. Но Мурчавес почему-то думал, что собаки по-другому не умеют.

Отойдя на некоторое расстояние и убедившись в том, что их никто не слышит, Мурчавес громко зашептал прямо в обвислое ухо Псаревича:

— Предлагаю выгодную сделку!

— Ой, — хихикнул Псаревич, — щекотно. И немедленно поправился: — Прости. Это... что ты имеешь в виду?

— То, что знаю, где жратвы от пуза. Чуешь?

— Чую что?

— Что тебе подфартило.

— Подфартило — это что значит?

— Это значит, крупно повезло.

— В чем подфартило?

— Ты, брат, зануда. Сам подумай. Дела у вас сплошная хренотень. Холодрыга, жрачки нет и все такое. И тут я. Типа, ребята-а! За мной!

— А откуда ты про нас узнал?

— Так, перетер с одним кабанчиком, из местных.

Псаревич глубоко задумался. Во-первых, обнаглевший кот употреблял помойные словечки, чтобы быть понятней и доступней. Значит, он не уважал собак. Во-вторых, нарастали сомнения. Для чего Мурчавесу им помогать? А вдруг он подослан ночными волками и хочет заманить собак в ловушку?

— Гм... эт самое... послушай.

— Че такое?

— Как сказать... Я — собачий вожак. Ты — этот, как его, объединитель. Давай перейдем на нормальный язык?

— Ишь, какие мы, — начал было Мурчавес, но осекся и продолжил царственно: — Договорились. Мурчавес услышал тебя. Продолжай.

— Большое, эт самое, спасибо. Имею вопрос.

— Что я хочу за это получить?

— Именно.

— Самую малость. Чтобы стая по пути к еде немного попугала кошек. Совсем чуть-чуть, без хулиганства и насилия.

— И все?

— И все.

— А для чего тебе?

— Ну, это, извини, не твое собачье дело. То есть я хотел сказать, что это тайна. Нам, вождям народов, без нее нельзя. Согласен?

— Согласен.

— Правда, у меня еще одно условие, — как бы между делом уточнил Мурчавес.

— Какое? — сделал брови домиком Псаревич.

— Ты никому заранее не говоришь насчет котов. Точнее, вообще не говоришь.

— А как?

— Ну, как-нибудь устрой, не знаю. Ты же умный. Натрави своих ребят, но только слегка, без особого зверства. А потом уведи обратно.

— Ну, я даже, эт самое, не зна-аю, — проныл Псаревич. — Мы, собаки, врать не лю-юбим.

— Я научу. Потому что есть такая поговорка: где кот прошел, собаке делать нечего.

— А как я это скрою? Вот вернусь я сейчас, и собаки спросят: «а о чем вы говорили?». И что отвечать?

— Знаешь, уважаемый, что я тебе скажу. Была бы собака, а камень найдется. Скажи, что бывают приличные кошки. Я, например. Поэтому по доброте душевной решил спасти вас от голодной смерти. А вы за это... ну, не знаю. Скажем, будете оборонять границу.

— От кого?

— Да какая разница! Допустим, от чужих котов. Твоим четвероногим зиму зимовать, они во что хочешь поверят, лишь бы выбраться отсюда. А мы с тобой, как старшие по званию, согласуем, так сказать, секретный протокол. Протокол псионских мудрецов, — подхихикнул непонятный кот.

Псаревич снова погрузился в глубокую задумчивость. Ему очень не хотелось врать. Этому противилась его собачья натура, верная до обожания. Но ведь собакам нужно есть. И пить. И спать. Мурчавес обещает пищу и питье. А здесь их ждет невыносимая зима.

Он думал, думал. Не придумал ничего. И они ударили по лапам. Так собаки попали в кошачьи края; так они узнали, где склады и кто их охраняет; так они невольно помогли Мурчавесу добиться власти. А теперь им предстояло развязать реальную войну, хотя они об этом и не подозревали.

Четырнадцатая глава.
Побег

Арестованные прибывали каждый день. Пещера не вмещала заключенных. Все вели себя примерно одинаково. В первые часы держались отстраненно: вы, мол, враги, а мы-то что? Мы здесь типа по ошибке. Мурчавес лично разберется и отпустит. При всяком звуке, доносившемся снаружи, делали уши торчком и сухо сглатывали. В глазах загоралась надежда: «Ну наконец-то? Это же правда за мной? Меня сейчас освободят?». К вечеру сникали и отказывались от еды. Ночью тихо плакали. К утру принимали реальность. Озабоченно толкались в очереди за бурдой и, придерживая миску лапой, чавкали. Отобедав, с удобством справляли нужду. Замирали в египетской позе, лапы в землю, глаза в потолок, потом нервно вскакивали и долго заскребали.

Дышать в пещере было нечем: воздух в ней протух, глаза слезились. Но это никого не волновало: кошки быстро привыкают к обстоятельствам и не тратят лишних сил на сопротивление.

Не таков был поэт Мокроусов. Его неугомонная душа нуждалась в немедленном действии, он совершенно извелся. Пока пещера не набилась под завязку, он метался из конца в конец, бормоча под нос бессмысленные строчки: «Иван тоскует о еде — Мурмяу! Ты где?». Но серьезные стихи не сочинялись, и это вселяло печаль. А теперь уже и не побродишь: заключенные лежали плотно, приходилось через них переступать, они ворчали, Мокроусов нервничал.

В этом возбужденном состоянии, оставшись без прогулок и стихов, он стал воображать себя главой вооруженного отряда. Вот они с боями прорываются наружу, с ним молодые крепкие герои... Они освобождают побережье, Мурчавес запирается в Раю, они берут его измором... Предательские готики линяют... Мурчавес до смерти напуган, униженно молит его о пощаде, а Мокроусов ложится на кресло, принимает удобную позу и покрикивает на разгулявшихся бойцов: «Прекратили разговорчики в Раю!».

Мечтал он день, мечтал два — и в одно мгновение решился. Принял равнодушный вид, стал протискиваться через лежбище котов, по пути разглядывая каждого. Если прозревал в коте бойца, трогал его растопыренной лапой и сквозь зубы говорил: «Встречаемся на том конце пещеры». И с таинственной улыбкой удалялся.

В назначенное время собралось десятка два котов. Остальные пребывали в полудреме; им было совершенно все равно, что происходит.

— Открываем наше тайное собрание. Всем задаю один-единственный вопрос. Прошу отвечать четко, не вихляясь. Вы желаете войти в историю? — спросил Мокроусов. — И добавил: — Со мной.

— Хотим, — за всех ответил тощий парень с рыжими глазами; звали его Спиридон.

— А все согласны с тем, что генерал Мурчавес узурпатор?

— Узур... кто?

— Узурпатор. Похититель кошачьей свободы. Презренный тиран!

— Согласны, — неуверенно сказали все.

— Тогда давайте совершим переворот.

— Чего совершим? — поинтересовался рыжеглазый.

— Пе-ре-во-рот. Пещерное восстание. Готов его поднять, — скромно добавил поэт.

Он ждал восторгов, одобрительных мурчаний, но ответом была тишина. Мокроусов решил рассердиться.

— Что? Уже испугались? Позор! Наши предки были рядом с богом! А вы — рядом с миской!

— Где миска? Почему не видим? — стала озираться молодежь.

— Эх вы! — рассердился поэт. — Стыдно! Ужасно! Кошмар!

— Нет, ну чего ты сразу сердишься, давай поговорим! — исправились коты.

И Мокроусов, для порядка строго зыркнув, изложил свой план. Точнее, сочинил его на ходу. Наперед он думать не умел, любое важное решение приходило к нему внезапно.

— Значит, так. Завтра утром привезут еду. Да, еду! Прошу не отвлекаться. А это значит что?

— Что мы поедим!

— Неправильный ответ. Правильный ответ: отвалят камень. И пока все будут радостно пихаться, мы устроим небольшую потасовку.

— А зачем? — спросил все тот же неуемный Спиридон.

Мокроусов должен был себе признаться, что начинает понимать Мурчавеса, когда тот злится, когда его перебивают младшие по званию.

Мокроусов раздраженно продолжал:

— Затем, что все передерутся, и, пока охрана будет разбираться, мы вырвемся на волю.

— Что, вот так и пойдем? Без обеда? — переспросил рыжеглазый, но тут же осекся. — Нет, а я-то что? Я ничего.

— Главное — успеть задвинуть камень, чтобы охрана осталась внутри. И вперед!

— А как же остальные?

— Эти пусть еще немного посидят.

— Но кто же их будет кормить? Охрана же останется внутри?

— Какой ты! — снова рассердился Мокроусов. — Запомни: восстания требуют жертв. Эти коты пострадают, но зато потом все будет хорошо.

— Ну ла-адно. Если требует жертв, что же де-елать, — предпочли согласиться ребята.

— Тогда немедленно ложимся спать! Чтобы проснуться со свежими силами.

Ребята с удовольствием послушались. Вскоре они зафырчали во сне. А Мокроусов — тот никак не мог уснуть. Оказалось, это так приятно — отдавать команды. Почти как сочинять стихи. Быстрый холод пробегает по загривку, кончики усов напряжены, в животе приятная тревога... Ему бы сотнюдругую бойцов, он бы такие дела замутил! Но, к несчастью, у котов пластилиновый норов: «А? Это вы меня на ручки взяли? Фр-фр-фр? Что, уже надоел? Ну и ладно». Но зато уж, если у кота характер, то крутой. Как у ненавистного Мурчавеса. Или у него, у Мокроусова.

Проворочавшись полночи, Мокроусов провалился в смутный сон; очнувшись, обнаружил, что проспал. Снаружи скрипели колеса и громко ругалась охрана — это значит, привезли еду. Вскочив, он яростно махнул хвостом: «Внимание, готовимся к атаке». Несколько вчерашних заговорщиков сдвинулись к выходу. Остальные словно не заметили сигнала. Кто-то типа смотрит в потолок. Кто-то вообще охотится за мухой: «Цап ее, цап, ой, куда улетела? Что? не было мухи... а я-то подумал».

Камень пошатнулся; освободился узенький проход. Сквозь пещерный смрад повеяло веселым воздухом свободы. Десять здоровых охранников встали у входа, двое закатили детскую коляску с огромным молочным бидоном. Толстый повар шел за ней, следя за тем, чтобы бидон не расплескался. Заключенные бодро построились в очередь. Началась приятная обеденная суета: гремели миски, привычно ругались соседи. «Я тут с вечера занимал!» — «А я всегда стою за Мурзиком, понятно?». Повар разливал бурду, напевая народную песню: «Я преступник! Уголовник! Каши целый съел половник!» — и грозно приговаривал: «Будешь пихаться — не дам! Понял меня? Так-то! Следующий, проходи!».

Выждав подходящую минуту, Мокроусов подал новый знак хвостом. Пепельный кот Филофей, пушистый потомок сибирского рода, стал ввинчиваться в жадную толпу. Ему влепили по башке, утробно зарычали, он дал пинка в ответ. Завязалась маленькая драка, которая переросла в большую свару. Никто уже не разбирал, кто прав, кто виноват. Коты орали, извивались и мутузили друг друга. Все были против всех, и каждый — за себя.

— Ах, ты так? Ну, я тебя! — вопил сиамский кот-аристократ и рвал зубами ухо дикому помойному котяре.

Повар фехтовал половником, рослый потомок мейн-куна с ревом падал на врага, прижимал его к земле и бодро лупил задними лапами, как на велосипеде ехал. Пожилой благообразный перс мутузил юного самца, а синеглазый сиамец, нежно глядя на противника, выставлял тонкокостную лапу и прицельно бил его по морде. Только Мурдыхай, котцы и Кришнамурка не участвовали в общей потасовке: они молча молились о том, чтобы в пещере пахло хорошо, кормили сытно, а коты между собой не враждовали. Но молитва их не очень помогала.

Наконец, охранники покинули свой пост и встряли в драку. Это значило, что путь на свободу открыт. Бунтари прошмыгнули наружу. Их оказалось пятеро поистине смелых котов; остальные предпочли сражение за миски. Впятером огромный камень не задвинуть. Ладно, оставим как есть. И беглецы, разбрызгивая грязь, помчались в горы.

Когда охрана прекратила потасовку и покинула опасную пещеру, мокроусовцев и след простыл. Поднатужившись, охранники закрыли вход и поплелись докладывать о происшествии начальству.

Побега никто не заметил. Ведь котов не пересчитывают по головам.

Пятнадцатая глава.
Переписка из двух углов

Мокроусовцы бежали напролом. Страх придавал им силы. Выше, выше! Наклон становился все круче, мелкие камни острее, по вершине соседнего склона по-пластунски проползал туман. Наконец они как по команде рухнули на промороженные камни. Хотелось пить, но не было ни ручейка, ни лужицы. Пришлось вылизывать валун, отпотевший на холодном солнце.

Мокроусов чувствовал себя совсем паршиво. Несмотря на природную бойкость, он спортом никогда не занимался; пока его ровесники взлетали на высокие деревья и самозабвенно бились за отвязных кошек, он сочинял глубокие стихи.

Бока его вздымались, тонкий длинный язычок дрожал в открытой пасти. Хотелось зажмурить глаза и уснуть. Но так нельзя. Он не имеет права. Он обязан встать, подать пример. Но еще одну секундочку, еще… Он вскочил рывком — и зауважал себя еще сильнее.

— Вы, ребята, пока отдохните, — разрешил Мокроусов, еле-еле справляясь с дыханием, — а я пойду разведать обстановку.

Отойдя на некоторое расстояние, он немедленно снова прилег. Как следует пришел в себя и отлично поленился. После чего в хорошем настроении отправился осматривать окрестность.

Так высоко он никогда еще не забирался. Сосны были громадные, стволы покосились от ветра. Справа открывался вид на снежную вершину, напоминавшую заледенелую волну, слева — на дорогу, петлявшую между горами. Дорога была вся в колдобинах: много лет назад случилось разрушительное землетрясение, о котором Мокроусову рассказывала мама.

Справа от дороги, на подъеме, стояло какое-то здание. Каменное, с закругленным входом и железной перекладиной на острой крыше. Мокроусов подошел ко входу: а вдруг тут обнаружится ночлег? Опасливо переступил порог. Внутри было страшно. Сквозь дыры в потолке просачивалась влага, в глубине светилось разноцветное окно, а под высоким сводом висела еще одна перекладина вроде той, что на крыше, но больше. Плотными рядами стояли деревянные скамейки, было тихо так, что звук упавшей капли показался раскатом. И почему-то Мокроусов догадался, что заселяться в этот дом нехорошо. Он заброшен, но совсем не для котов. А для их исчезнувшего бога.

Побродив по унылым окрестностям, Мокроусов отыскал приличную расщелину, позвал ребят; до темноты они успели натаскать мохнатых веток, поймать десятка полтора лесных мышей, перекусить. А потом валялись и болтали в безопасном сумраке. «А какие мы крутые! Круче всех. А самый крутой Мокроусов». И поэт в темноте улыбался.

Но среди ночи он опять проснулся. Удрать они удрали, это славно. Но ведь он хотел поднять восстание, а какое может быть восстание, когда их кот наплакал? Нужна серьезная организация, конспиративные корзины, тайные пароли: «Вам нравятся рыжие кошки?» — «Нет, рыжих я как-то не очень»... И, как всегда в подобных случаях, Мокроусов погрузился в полусонные фантазии.

То на них несется разрушительный тайфун, Мурчавес сидит на сосне и мяучит, а бесстрашный поэт не теряет присутствия духа и спасает несчастных котов.

То кошек поражает неизвестная болезнь, они лежат, не в силах шевельнуть хвостом. Мокроусов, как водится, бодр, он организует лазареты, все поправляются и назначают Мокроусова Героем.

Или вот еще. Идет гражданская война, потому что все коты переругались, никто не знает, как им дальше жить. Тут

Мокроусов выступает со статьей «Как нам обустроить Кока-Котор», и все немедленно приходит в норму.

Он перебирал бесчисленные варианты — и к утру кое-что сочинилось.

Объявив всеобщую побудку, Мокроусов раздал поручения, а сам спустился к дальнему болотцу, на топких берегах которого росла широкая осока. Собрал опасные побеги, пообкусывал их с двух концов, скрепил полоски клейким соком. Оставил сушиться на солнце и кружным путем спустился к тревожному морю. Затаился на скалистом выступе, стал, как чайка, выслеживать добычу. Глупые кефали посверкивали крупной чешуей, одинокий скат колебался на дне, еле двигалась раздувшаяся каракатица. Мокроусов пулей сиганул за ней. Вынырнул, вернулся на болотце, прогрыз каракатице пузо, похожее на кожаный бурдюк, и выдавил чернила из желудка. Чернила были маслянистые, густые; он окунул в них коготь и начертал короткое, но дерзкое послание:

«Здорово, Мурчавес! Приветствую тебя, собачий сын! Я — поэт Мокроусов. Ты меня помнишь. Знай, что я сумел бежать на волю. Не один! А вместе с целым войском смельчаков. Мы отомстим тебе, *рыбовладелец*! Ты думал, кошек можно покорить? А вот нельзя!

Жди гостей —

    и скоро —

        твой вечный враг и скорый победитель —

            Мокроусов».

Подумал, почесал за ухом и дописал большими буквами:

«ПОЭТ»

Свернул послание в тугую трубочку и, прижимая уши и оглядываясь, потрусил в направлении Рая. Подвесил свиток перед самым входом в лаз, и был таков.

В обед охрана обнаружила записку, готики доставили ее Мурчавесу. Тот, облизнувшись, отодвинул миску, пробежал послание глазами. Он, конечно, помнил Мокроусова — такой вертлявый, хвост в полоску, статья сто седьмая пункт «б», от пятнадцати суток до пожизненного... Подумал две секунды и распорядился:

— Муфту мне срочно сюда...

Муфту привели. Она никогда не бывала в Раю. Выпучивала круглые глаза, обнюхивала каждый угол. Ей хотелось бы запрыгнуть на диван и поваляться на ковре, потереться уголками губ о край коробки, выпрямиться в полный рост, и поточить коготки о дверную коробку... Но Муфта была скромной, застенчивой кошкой, и она не решалась. Тем более что прозвучал сердитый зов любимого Мурчавеса:

— Муфта, ты где? За работу!

Вождь возлежал на ручке кресла и строго поглядывал вниз. Муфта приготовилась записывать.

— Итак, пиши. «Здорово! Как там тебя? Мокролапов? Много развелось вас, не упомнишь. Все качаешь права? *Правоядный* ты наш. Я тебя велю поймать, налысо остричь, выдрать когти, сбрить усы, в уши воткну бубенцы, посажу на веревку! Будешь развлекать котят и глупых кошек, пока настоящие парни воюют.

Да, проклятый Мокрохвостов. Ты не знал? Собачье воинство напало на меня. Твои товарищи сражаются за родину, а ты сбежал. И теперь не вздумай возвращаться. Воняющий хуже собаки, вон пошел, говорю я тебе.

И больше не пиши мне. Я с тобой собачиться не стану. Много чести.

Великий вождь кошачьего народа,
        объединитель славного Котечества
                генерал МУРЧАВЕС».

— Записала? Дай-ка сюда.

Мурчавес читал и самозабвенно щурился — хорошо сказано, смачно. По-другому, впрочем, не умеем.

— Значится, так. Муфту вкусно покормить — и отправить обратно.

— А может, — с надеждой начала она, но Мурчавес ее оборвал:

— Нет-нет, сегодня я занят. А послание мое подвесить там же, где нашли. У входа. И чтобы никаких засад. Запомнили? Никаких. Пусть пока живут и помнят, там посмотрим.

Готики исполнили приказ вождя беспрекословно. Хотя наверняка в душе не согласились. Мол, надо было отловить злодея и спустить с него три шкуры. Что с них взять, с военной косточки, служак? Им не объяснишь, что против настоящего вождя *должны* быть заговоры. Слишком многим он мешает, столько накопилось недовольных! Так что если это настоящий заговор, то хорошо. Это значит, что Мурчавес на вершине власти. Придет пора, поймаем Мокроусова, накажем, отрубим хвост, коготки укоротим, а пока насладимся почетом...

Мокроусов, просидевший целый день в густых кустах акации, поздно вечером покинул ненадежное укрытие. И стал пробираться к холму. Он шел и сам себя боялся. Шарахался собственной тени. Маленькое сердце громко билось: туддуту-ту, тудду-ту-ту. Гнусаво вопила сова, тревожно гугукали горлицы. Как только они умолкали, становилось слышно шебуршание мышей, подгрызающих корни деревьев. На холме таилась мрачная лиса; она сторожила свой ужин. В непролазных зарослях ворочался кабан... Все против всех, все всех готовы съесть, как страшно, как печально жить!

Он остановился на приличном расстоянии от Рая, замер и стал наблюдать.

В Раю кто-то был. Острый взгляд различал — сквозь переплетение стеблей и листьев, сквозь узкие полоски ставен — чуть заметные движения теней. Лишь кошка может такое увидеть. Но сами заросли были свободны, в них шуршали жучки, копошились вездесущие кроты, и ни одного засевшего кота. А на ветке висело ОНО! Ответное послание. Дождался! В одно мгновение, забыв о страхах и предосторожностях, Мокроусов совершил прыжок захватчика (прием, которым обучают кошек с детства), цапнул свиток на лету и усвистал.

В расщелину он возвратился ночью; ребята безвольно сопели. Мокроусов развернул ответную записку. Было так темно, что даже кошачьим глазам не под силу. Буквы расползались и никак не строились в слова. Мокроусов выбрался на воздух. Здесь было зябко (надо же, пока бежал — и не заметил), дул морозный ветер. Но тучи ненадолго расступились; синий свет огромных южных звезд озарял послание Мурчавеса.

Мокроусов прочитал его и тяжело задумался. Происходящее не умещалось в голове. Он поверить не мог, что началась серьезная война. Какая участь ждет его народ — добрый, но обманутый диктатором? Разоренные корзины, рабский труд с утра до ночи и объедки, которыми побрезговали псы? Или удастся одержать победу? Но почему собаки не напали сразу? Зачем они вернулись? Что случилось? И какое может быть теперь восстание? Какие вылазки? Нужно идти воевать, со всеми вместе, под началом самозванного вождя. Что после подметного письма невозможно.

Родина в опасности, а он в горах.

Что же делать? И кто виноват?..

Шестнадцатая глава.
Штрафбат

Погода окончательно расквасилась; ветер выл по-собачьи, тоскливо, ливень хлестал по камням, вода просачивалась через щели. Арестантов не кормили третьи сутки — коляска с бидоном увязала в глине, и обнаглевшая охрана, не желая надрываться, сливала бурду по дороге, пересиживала ливень под навесом и докладывала начальству: все в порядке. В довершение всех бед нынешней ночью ударил внезапный мороз, лужи подернулись коркой, и сырая шерсть заиндевела. Заключенные смотрели друг на друга — и не узнавали: «Это что за странное животное с белой бородой и снежными усами?».

Днем снаружи закричали, зашумели, и вход в пещеру отворился. Коты воспряли. Да здравствует крепкий мороз! Наконец-то принесли поесть! Причем в неурочное время.

Но вместо привычных охранников и повара в пещеру ворвались рассерженные готики — им пришлось карабкаться по скользкой тропке, они все время шмякались, вставали, снова падали. Раздалась суровая команда:

— Всем на пол! Лежать и не двигаться! Лапы вперед!

Готики, светя своими желтыми глазами, простукивали стены и ощупывали арестантов. Зачем они это делали, никто не понимал. Включая самих готиков. Как будто кот способен спрятать под шкуру внушительный камень. Или засунуть в пористую стену заточенный медвежий коготь. Но если приказали, значит, надо. На то и начальство, чтоб знать.

Завершив проверку, готики вытряхнули из авоськи большие флаконы с духами и стали опрыскивать воздух. Смрадный дух перемешался с ароматом луговых цветов, магнолий и ночных фиалок.

Командир отряда приказал:

— Встать! Смирна-а! Равнение на середину!

В пещеру заглянул Мурчавес. Он еще сильнее располнел, серые мохнатые брыли торчали в стороны, шерсть лоснилась. Зыркнул, оценил обстановку и только после этого переступил порог.

— Как поживаем, граждане преступнички? — спросил он. — Жалобы имеются?

Заключенные не отвечали.

— Это хорошо, что жалоб нет. Потому что нам сегодня не до жалоб. На рассвете вероломный враг напал на нас. Полчища тяфтонов топчут нашу землю. Друзья мои, Котечество в опасности. Только что я объявил войну.

Обитатели пещеры зашумели.

Мурчавес мотнул головой.

— Тихо, тихо. Слушайте меня. Вы все совершали ошибки. Но я даю возможность их исправить. Записывайтесь добровольцами в штрафбат. Будете идти в атаку первыми. Ранят вас — переведу в обычные войска. Как только победим, все добровольцы выйдут на свободу. А близких и родных сегодня возвратим из ссылки, на обсиженные, так сказать, места.

Арестанты были ошарашены. Война... Собаки... Свобода... Все перемешалось. И предложение такое двойственное... С одной стороны, с другой стороны. Они, конечно, патриоты, все такое. Но первыми идти в атаку стремно... А лежать в пещере — холодно... И кормят отвратительно. И семьям, опять же, убыток.

— Да. Совсем забыл. — Мурчавес не скрывал презрения. — Каждый записавшийся в штрафбат получаст паск. И подъсмные. Прямо сейчас. Эй, министр финансов, заходи!

В пещеру заглянул Мухлюэн. Вид у него был встревоженный — кто знает этих зэков, возьмут еще и поколотят. Они же недовольны мерами бюджетной экономии. Они же мыслить государственно не научились.

Но коты, услышав про подъемные, воспряли.

— Э, все одно помирать! — крякнул пожилой поджарый кот из породы «столичный подвальный». — Записывай меня, Мурчавес. Я пойду.

За ним потянулись другие:

— И я пойду! И я!.. Меня возьмите!

— Так, не толкаться, не толкаться. Па-апрашу соблюдать порядок! — гаркнул командир отряда готиков. — Подходим по одному, громко называем свое имя, место рождения, возраст... Ну, примерно... Получаем сухпаек. Получили — в следующую очередь. За этим, как его, об-мурр-дированием.

Паек состоял из одной креветки на брата, большого плавника сушеной камбалы и свежей мышки. Многие, не в силах отложить на потом, разворачивали упаковку из еловых веток, растопыривали лапы, чтобы соседи не могли украсть, и с аппетитом уплетали пайку. Раздавалось героическое чавканье.

— Ну все, построились в колонну по двое — приказал им грозный командир. — Граждане штрафбатники! Равнение напра-ву. Вы шо, не знаете, где право? Кор-роче, смотрим на Мурчавеса. Асподин Енерал! Ваше вашество, великий вождь! Докладываю громко, голосом! Сводный взвод преступников построен! Разрешите идти воевать.

— Вольно. Разрешаю. Шагом марш.

Брезгливо обождав, пока штрафбатники уйдут, Мурчавес приказал своей охране удалиться. Те недовольно вышли из пещеры. Он сделал шаг навстречу Мурдыхаю и святым котцам. Кришнамурка в жертвенном порыве встала между ними и Мурчавесом. Прикрыла Учителя телом.

— А вы что, господа хорошие? — усмешливо спросил Мурчавес, словно бы не замечая Кришнамурку. — Вы со своим народом, или где? На фронт пойдете, или как?

— Или как, — неожиданно за всех ответил Котриарх.

Он стряхнул привычную сонливость и твердо посмотрел
в глаза Мурчавесу. Оказалось, что у Котриарха ясный и холодный взгляд; надо же, а раньше был такой расплывчатый
и томный... Мурчавес не выдержал и отвернулся. Сквозь зубы,
глядя в сторону, спросил:

— А почему? Могу узнать?

— А потому, что мы чуем неправду. Ты что-то нехорошее
задумал.

— С чего ты взял?

— Мне бог открыл.

Мурчавес возмущенно фыркнул:

— В тонком сне, что ль?

— Где надо, там и открыл.

— Что же. Не хочешь, как хочешь. И ты, Папаша, не пойдешь?

— И я, — дрожащим голосом сказал Папаша.

Он бы очень хотел согласиться, но совесть у него была
сильнее, чем характер.

— Вольному воля, спасенному рай. Жрец, ты, вроде, был
за героизм?

— Был.

— Пойдешь на войну?

— На эту — не пойду.

— Почему?

— По описанным выше причинам.

— А ты, кошрутник?

Мурдыхай смотрел перед собой, в кошачью вечность,
и словно бы Мурчавеса не замечал.

— Вас понял. В пещере вам самое место. Но я вам заску-
чать не дам, и не надейтесь. Вот вам новый товарищ, знакомь-
тесь! Прошу любить и жаловать, хоп-хоп!

Готики втащили арестанта, опутанного рыболовной се-
тью. Арестант был огромный — размером с мейнкуна, а может, и больше; готики едва-едва могли с ним справиться. Сеть

с трудом распутали. Новоприбывший встал, отряхнулся, взглянул исподлобья. Святые котцы инстинктивно подались назад, вывернули головы, согнулись колесом и зашипели. Даже Мурдыхай перепугался. Что уж говорить о Кришна-мурке.

Семнадцатая глава.
Гавгавский пленник

Воцарилась оглушительная тишина. Казалось, новый пленник тоже онемел от страха. Он не знал, как правильно себя вести: ринуться в атаку или проявить смирение. Поэтому он лег, опустил голову на лапы, стал мотать хвостом и сделал брови домиком. Глаза его перебегали с Мурдыхая на Папашу и обратно. А коты смотрели на него с брезгливым ужасом и принюхивались — в пещере неприятно пахло теплой псиной. Да и как иначе, если новый узник был не кот, а пегий пес с большими мятыми ушами и короткой шерстью. Жалкий, весь извозюканный в глине.

Первой не выдержала Кришнамурка. Избоченясь, она встала перед чужеродным гостем и пугливо потрогала морду когтями. Отдернула, как от удара, протянула еще раз. Пес стыдливо отвел глаза и на всякий случай показал зубы. Неровные, большие, с желтым налетом у десен. Рыкнул, и на животе отполз назад. После чего заскулил.

— Что же делать, — решил разрядить обстановку Папаша. — Бывают в этой жизни и собаки. Давай знакомиться. Ты как здесь оказался?

Гость так вращал зрачками, что сверкали белки.

— Ты чего, дурашка, — умилился Папаша. — Мы ж не злые. Мы же ж тебя не обидим. Будет тебе дуться, говори! Мы вот, например, коты. И ничего.

— А я пес. Мое имя Псаревич, — выдавил из себя пленник и случайно гавкнул, после чего совсем застыдился.

— Ну, это, брат, совсем другое дело. Откуда ты, Псаревич? Расскажи. Только не пытайся врать. Мы на этом деле собаку съели.

— Кхм. Что съели? — огорчился пес.

Голос у него был хриплый, застоявшийся.

— Ну... Это такое выражение, не обращай внимания.

— Хорошо, попробую. А что именно вам рассказать? Про то, как мы познакомились с этим, Мурчавесом? Или про то, как он меня надул?

По щеке Псаревича сбежала скупая собачья слеза. Он слизал ее огромным языком (коты посмотрели на этот язык со смесью восхищения и страха) и продолжил:

— Расскажу как есть. Чего тянуть кота за хвост.

— Кого тянуть? — слегка напрягся Жрец. — За что?

— Ой, я это... Ничего. Я, эт самое, оговорился. На душе, понимаете, кошки скребут. То есть настроение плохое.

И Псаревич рассказал, как на излете сентября к собакам явился Мурчавес, предложил переселиться в новые края и взамен попросил одного — слегка покошмарить котов. Указал, где находятся склады и когда меняется охрана... Говорил Псаревич сбивчиво, как все собаки, а не гладко, как сладкоречивые коты. Возвращался к упущенным деталям, дергал головой, поскуливал, взгавкивал. А старики и Кришнамурка не верили своим ушам. Они давно подозревали, что Мурчавес лжец, но чтобы до такой — последней — степени...

И чем дольше говорил Псаревич, тем умиленнее смотрела Кришнамурка на его изысканную морду с многочисленными дырочками для усов, на внушительный кожаный нос, на такой беззащитный подшерсток. Наконец, не совладав с собой, она погладила Псаревича по морде: нежный, несчастный, хороший, с такими грустными бездонными глазами. И даже нечем его угостить.

Пес всхлипнул и продолжил свой рассказ.

Накануне ночью Мурчавес заявился в их расположение. В окружении черных котов. На них даже рычать не стали, подумали — пришли свои. Лишь Псаревич на секунду усомнился, у него возникло нехорошее предчувствие, но, отрезав уши, по хвосту не плачут. Заключив один секретный протокол, от других потом не зарекайся.

— Случилось что? — спросил он у Мурчавеса.

— Случилось. Надо нам поговорить наедине.

И они нырнули в темноту, черные коты неразличимо их сопровождали.

Шли, шли, никак не приходили. Псаревич поинтересовался, долго ли еще. «А уж недолго!» — ответил Мурчавес с некоторым завыванием, так что сердце ухнуло в лапы.

Коты, как по команде, расступились, а Псаревич остался на месте. Что происходит? — он не понимал. Услышал сверху странный шум, задрал голову, и на него свалилась вот эта дырявая штука.

— Эта штука называется сеть! — важно пояснил Папаша.

— Наверное, она. Вам лучше знать, — с достоинством сказал Псаревич. — И я оказался в плену. А вы-то чего тут сидите? Вы же не собаки, а коты? — вдруг сообразил он.

— Да, мы коты, но жизнь у нас — собачья, — возразил Папаша.

Ответ вожаку не понравился, он глухо возразил:

— Позавидовала кошка собачьему житью.

— Ладно, ладно, мой друг. Осади. А то ведь и у нас пословицы найдутся. Про собак нерезаных и про заживет, как на собаке. Но это что же получается? Мурчавес похитил тебя? А зачем?

— Просто теряюсь в догадках.

— Да что тут понимать! — приоткрыл глаза Котриарх. — Не все коту, как говорится, масленица, вот и пришел Великий Пост. Он тебя украл, чтобы твои пошли на нас в атаку. Чтобы началась война.

— А у нас война? — с затасным ужасом переспросил Псаревич.

— Она самая, — за всех ответил Папаша.

Восемнадцатая глава.
Батальная

На сборном пункте выстроилась очередь. То и дело слышалось: «Как здорово сказал, доходчиво! У псов большие языки!». Исполненные важности коты и котики записывались в ополчение. Все они желали быть ефрейторами, на рядовых никто не соглашался. А жалостливые кошечки всю ночь готовили запас провизии.

Армия ефрейторов построилась в колонну по четыре и отправилась в нелегкий путь. Шли молча и сосредоточенно; дорога резко поворачивала в гору. Мурчавес, возглавлявший шествие, тревожно оглянулся. Армия его была громадной, она растянулась на все побережье. Уши к ушам, хвост к хвосту. По жилам пробежал внезапный трепет. Это ОН поведет их на подвиг, а может, на верную смерть. Это ОН отвечает за них...

Вчера, обдумывая предстоящее сражение, он ходил по Раю взад-вперед. Решил развлечься, ткнул маленькую пимпочку на пылевизоре. Увидел знакомую морду — точнее, лицо. Тот гордый человек с собачьими медальками — почему-то уже безо всяких медалек — сидел за железной решеткой. Тощие, оборванные люди выходили перед ним по одному и что-то долго, возбужденно говорили. Среди них мелькнул один — не то, чтобы знакомый; его Мурчавес никогда не видел. Но какой-то особый. Прекрасный. Которому хотелось помурчать. Чтобы он склонился низко-низко и тихо произнес волшебное «кис-кис»...

Что-то в пылевизоре опять переключилось, незнакомое прекрасное лицо исчезло, Мурчавес щелкнул выключателем и снова начал напряженно размышлять. Что объединяет всех котов? И бедных и богатых, и мудрых и глупых, и добрых и злых? Милые, доверчивые мордочки котят. Огромные глаза, неловкие движения, готовность поиграть и приласкаться. Значит, можно поиграть на этом. Провести урок ко-*триатизма*. Побеседовать с котятками на правильные темы, приласкать как следует и похвалить, чтобы мамочки роняли слезки, а папочки испытывали гордость. Все эти пушистики и хвостики (или как там их еще называют?) будут хором повторять его слова — и загонят их в родительское сердце, как занозу.

Готики немедленно согнали всех на рыночную площадь. Подрастающее поколение разместилось в середине, котята приняли посадку смирно. Карандашные хвостики вздернули вверх. Попискивали и мурчали. И смотрели на него с восторгом.

Мурчавес вальяжно ходил взад-вперед, останавливался и с нажимом повторял:

— Запомните, друзья мои. Гым-гым. За-пом-ни-те. Мы, коты, обожаем себя бичевать...

— А что такое «бичевать», — пискнул какой-то черныш и смутился.

— Бичевать, это, гым-гым... бичевать. Вырастешь — поймешь.

— Спасибо!

— Не за что. Мы любим похвалить собак: они, мол, часто улыбаются, не то, что мы. Неправда! У собак искусственные, лживые улыбки. А еще у них большие языки. Собака только подойдет к еде, фить-фить, пустая миска. Ничего! Ни крошки! Итак, повторяйте за мной: «У собак большие языки».

Котята бурно закивали. Кстати, на стеклянной полочке в Раю стоит забавная фигурка котика — тронешь лапой, голова качается. Художник очень жизненно изобразил.

— А у нас, у котов, душа философская. Мы все больше думаем о вечном, о прекрасном... И для чего нам улыбаться? Чтобы что? Чтобы сделать собакам приятно? Итак, запомнили: «Котам улыбаться не нужно».

Котята хором повторили: «Ко-там-у-лы-бать-ся-не-нуж-но», их послушные головки закачались… Хорошо.

— Друзья мои, на нас пошли войной. Кто пошел? Отвратительные псы с большими языками и фальшивыми улыбками. Но мы их победим! Повторяйте за мной: по-бе-дим!

Краем глаза Мурчавес наблюдал за публикой: у мамочек на кончиках усов уже блестели слезы, а суровые отцы держались из последних сил.

Тогда он обратился к взрослым:

— Что, господа родители, видите, какие ваши дети? Ради них и пойдем воевать. И будем биться до обедного конца! Да здравствует обедоносная война! Все для фронта, все для обеда!

— Да здравствует Мурчавес! — рявкнул Дрозофил.

И площадь им ответила:

— Ур-ра-а!

Дело было сделано, вождь неторопливо удалился. Последнее, что он услышал, был скрипучий голос старой кошки-воспитательницы:

— Дети, повторим основной материал. Какая у котов душа? Какая у собак улыбка? И почему у них большие языки? Кто будет отвечать? Маруся? Мурзик?

Но это было накануне. А сегодня армия котов во главе с генералом Мурчавесом отправляется на ратный подвиг.

К полудню достигли столицы. Всех неприятно поразил ее унылый вид. Когда-то процветавшая долина являла собой жалкое зрелище: заключенные коты работали неспешно, большинство корзин не доплели, а те, что доплели, вчера пришлось убрать отсюда. Половину гальки потеряли по дороге, и на месте центральной тропинки образовалась вязкая трясина.

Мурчавес объявил привал.

Оголодавшие коты забыли о своем участии в истории и занялись любимым делом жизни: с достоинством, не торопясь, перекусили. Облизались и стали готовиться к бою. Кто затачивал когти об камень, кто развлекался ловлей блох, щелкая зубами и лихо сплевывая мелкие ошметки, кто дремал, помуркивая про себя.

Дождь, моросивший все утро, затих. От мокрых сосен поднимался синий пар, песок подсыхал и желтел, на высоком земляном валу изворачивались фиолетовые червяки. Мурчавес был доволен. У него дрожала задняя левая лапа, а это был великий признак. Значит, враг не пройдет, и победа будет за нами.

Выглянуло солнце, ополчение совсем расслабилось, коты заваливались на спины, подставив теплым лучам замызганные животы.

А Мурчавес забрался на дюну. Отсюда он внимательно и зорко оглядел расположение частей и мысленно спланировал сражение. Штрафбат отправится на передовую. Вольноотпущенные зэки выроют глубокие окопы, засядут в них и будут ждать нашествия собак. Мурпехи окопаются на дюнах. В нужную минуту, по сигналу, кубарем скатятся вниз и рассеют грозного противника. Готики будут работать пехотой, гладиаторы отправлены в тыл. Это будет последний резерв. Если что-нибудь пойдет не так, то вступят в драку, а если не пойдет, то и не надо. А там, под прибрежной сосной, будет выставлено секретное оружие, о котором не знает никто. Только он, Мухлюэн, Дрозофил и командир артиллеристов Киса.

— Эй, — подозвал Мурчавес адъютанта. — Как тебя?

Адъютант молодцевато козырнул и доложил по форме:

— Сиджик!

— Вольно, Сиджик. Отправляйся вниз и передай мои распоряжения...

Сиджик козырнул и умчался.

Началось томительное ожидание. Час прошел, другой, но враг не появлялся. Вдруг Мурчавес разглядел собак на дальнем склоне. Первым, как положено вождю. Они шли, опустив свои страшные морды, скрючив бесполезные хвосты, оскалив зубы и старательно обнюхивая землю. Псы никуда не спешили и на спусках притормаживали лапами, чтоб не соскользнуть. Темп задавал их новый молодой вожак. Крепкий паренек, высокий в холке, полный, со смешными кучеряшками на длинной морде и дворняжьим хвостом крендельком.

Ветер доносил собачий запах, смесь отсыревшей гнилушки и теплого пледа. Еще немного, и начнется первое в истории котов сражение...

— К бою — то-овсь! — послышалась команда старшины штрафбата.

— Фр-р-р! — началась психическая атака гладиаторов.

— За Котечество... Мурчавеса... Ур-ра-а! — вскричали готики, подбадривая штрафников.

Но никто из окопов не вышел. Наоборот, штрафбатовцы еще плотней утрамбовались.

Псы замерли в недоумении и глупо крутили мордами, туда-сюда, туда-сюда. Мол, не понимаем, что произошло? Почему на них никто не нападает?

Мурчавес разозлился, дал пинка замешкавшемуся Сиджику; тот поскакал, развевая хвостом, и передал артиллеристам: пли. Артиллеристы выскочили из-под сосны, распотрошили мокрый стог и вытащили *котопульту* — странное устройство, которое Мурчавес подсмотрел на картинке в книжке божиков. Оно напоминало детские качели. На толстый брус положена доска. На одном конце доски — снаряд из козьего навоза, поражающий противника рассеянным ударом. А другой конец доски — свободный. Упитанный боец взлетел на дерево, застыл, набрал побольше воздуху, и, растопырив лапы, с диким воплем рухнул вниз.

Собачья стая с интересом наблюдала: это что ж с котами происходит? Какой-то ненормальный бросился с высокой сосны, и, должно быть, расшибся. В воздух поднялась разлапистая тучка. Вот она, летит, летит... Но туча разделилась на дробинки, которые понеслись навстречу псам. Вонючие ядрышки били в глаза, застревали в ноздрях, налеплялись на шерсть. Пока собаки, извиваясь от морды к хвосту, отряхивались от налипшей грязи, кот ожил, снова взлетел на сосну, и шлепнулся с нее на *котопульту*.

И опять нависла тяжелая туча, разделилась на тысячи мелких ошметков, и те поразили собак.

— Псоотечественники! К бою! — зычно пролаял вожак. Голос он имел утробный, эхо разлеталось по долине.

Псы, прикрывая лапами глаза и ноздри, сбились в кучу.

— В атаку!

— Аф-ф-ф! — взревела стая.

И, громко шлепая по непросохшему песку, галопом помчалась вперед.

В одну секунду псы приблизились к окопам и стали ловко прыгать через них. Но коту невыносимо видеть над собой нависшую собаку. Как только собачий живот зависал над кошачьим окопом, в беззащитное пузо впивались жестокие когти. Собака в ужасе валилась на бок, а прыгучий кот победительно бил ее лапой.

Заметив это, Мурчавес воспрял. Но напрасно. Собаки перегруппировались и пошли в обход окопов. Штрафбатники почуяли опасность и рванули врассыпную, псы побежали за ними. Никто не слушал никаких команд, каждый действовал по собственному усмотрению. На поле боя все перемешалось. Коты забирались на сосны, псы замирали внизу, сторожа вертлявую добычу. С высунутых красных языков капала горячая слюна, глаза горели...

И тогда пришел черед мурпехов. В одно мгновение собаки были полностью окружены: на каждого заливистого пса приходилось по три молчаливых мурпеха. Морские котики боксировали лапами, издавали короткие вскрики. Собаки начинали отбиваться — рычали, складывали кожу на морде гармошкой, грозили желтыми зубами. Но мурпехи не пугались, и пускались в новую атаку. Прыжок, серийные удары и отскок.

Не выдержав психической атаки, собаки попытались отступить. Молодой вожак сердито заворчал и твердо встал у линии окопов. Зажатые между котами и начальством, собаки стали крутиться, как щенята. И громко скулить. А мурпехи продолжали их лупить.

Тут молодой гавком распорядился:

— Слушай меня! Занимаем окопы!

Псы охотно попрыгали вниз; над кромкой торчали тревожные уши и круглые блестящие носы.

Морские котики остановились и стали изумленно озираться. Где грозный противник? Где псы? На кого наступаем, с кем бьемся? Они стали пятиться.

— Куда?! Назад! Точней, вперед! — кричал Мурчавес, но они его не слушали.

Молодой вожак приободрился. Он героически пролаял:

— К бою!

Но тут произошло невероятное. То, чего никто не мог предвидеть. Сверху, с уступа далекой скалы, камнепадом обрушился вопль; все разом вздернули морды. И увидели немногочисленных котов в воинственных и непреклонных позах. Брыли набрякли, ощетинились усы. Хвосты, как маятники, бьют туда-сюда. В середине — мелкий, но задорный кот с хвостом в полоску. Мурчавес до смерти перепугался, потому что узнал Мокроусова и решил, что предатель хочет отомстить и за спинами собак прорваться к власти. Однако, распушив хвосты, расплющив уши и разинув розовые пасти в диком оре, мокроусовцы помчались на врага. В мановение ока они уже были в долине; падали в окопы, когтили собак, впивались зубами в загривки, валили, слепили песком. Пока собака скулила, встряхивалась, терла глаз, смелый партизан сражал очередную жертву.

Мурчавес силился понять, что происходит. Мокроусов, получается, за них? Добровольческая армия воспряла духом. Готики немедленно пошли в атаку, гладиаторы вернулись в тыл и заурчали, а штрафбат вернулся на передовую.

Казалось, что исход сражения решен. Но не тут-то было. В приморском синем небе появились птицы; они летели, выстроившись клином — и коты, как заколдованные, замерли. И партизаны-мокроусовцы, и регулярные войска, и вольные ефрейторы, и сам Мурчавес. На мордах их отображались счастье и тревога. Счастье от того, что птицы. Тревога от того, что не поймать. Сама природа соблюдала правило муравчика: бояться и мурчать, мурчать и не сдаваться. Из приоткрытых ртов исторгались дрожащие звуки: мя-а-а-а.

Птицы кружили над дюнами. Коты, не отводя от них влюбленных глаз, зачарованно крутили головами. Псы опешили, и только молодой гавком не мешкал.

— Псы! — сказал он, приглушая низкий голос, — насту-пай!

Собаки ощетинились; стараясь не спугнуть противника, окружили армию котов и стали постепенно сдавливать кольцо. Коты не замечали их — ах, эти птички! птички...

Когда они очнулись, было поздно. Ни птиц, ни котопульты, ничего. Только страшные носы с большими дырками, черные усы невероятного размера, нечистое дыхание и пар от высунутых языков. Коты с истошным воплем перескакивали через собачьи спины и без оглядки драпали, не слушая далекого Мурчавеса.

Сражение окончилось. От великой армии Мурчавеса не осталось и следа.

Девятнадцатая глава.
Блаженное успение

Псаревич впал в тяжелую тоску. Ничего не ел, не пил, лишь изредка проваливался в сон, поскуливал и тут же просыпался. Смотрел на всех печальными глазами и думал о превратностях судьбы. Еще вчера он был веселым, энергичным вожаком, все ждали с трепетом его решений и мчались выполнять любую прихоть. А теперь... Как он мог попасться в примитивную ловушку? Как мог довериться какому-то Мурчавесу? Получается, что он не оправдал народное доверие — ужасно!

И Псаревич начинал вздыхать. Отчаянно, со всхлипами, внезапными задержками дыхания: иэх...эх-эх...эхм-м. Заслыша вздохи, Кришнамурка бросала на Псаревича короткий огнестрельный взор и тут же начинала суетиться. Подбегала к Мурдыхаю: «Не нужно ли тебе чего, Учитель? Поняла. Может быть, опять начнем писать Кошрут? Как скажешь. А помыть тебя не надо, видишь, как свалялась шерсть? Ты ничего не видишь?! Ой-ой-ой».

Однажды Псаревич опять завздыхал; Кришнамурка засмущалась, подбежала к Мурдыхаю и, как вкопанная, замерла. Учитель лежал без движения. Глаза его были открыты, но зрачки закатились, выступили страшные белки.

— Учитель! Ты чего! Проснись! — взмолилась Кришнамурка, но Мурдыхай ничего не ответил.

Псаревич повздыхал еще немного, но понял, что это сейчас неуместно.

Вдруг Мурдыхай пошевельнулся и забормотал. «Хрфрхр-фр» — ничего не разобрать. Голову он не поднимал, силы словно утекали из него. Чтобы различить слова Учителя, Кришнамурка распласталась на полу.

— Слушай меня, деточка, слушай внимательно, — шептал он, — по секрету скажу, страшную тайну открою. В Раю хорошо, все лижут сковородки. Теплые такие, с жирными объед-ками. А в Аду наоборот. Там плохо. Там все время чирикают птички, но у грешников нет ни зубов, ни когтей. И прыгать они разучились. Но тайна не в этом... В другом. Это только кажется, будто бы из Рая в Ад дороги нет. Есть там одна тро-почка... Сбегал, птичку поймал, и назад. Только никому не го-вори... Пока. Когда грешники наши пойдут воевать, ты им на ушко шепни... Пусть они это знают, пусть...

Тут по телу Мурдыхая пробежала дрожь, он завалился на бок, вытянулся в струнку и умолк.

— Учитель! Ты зачем? Тебе нельзя! — заметалась пере-пуганная Кришнамурка.

Она припала к груди Мурдыхая, стала слушать его ста-ренькое сердце. Ну давай, ну, тук-тук. Но в груди Учителя образовалась тишина.

— Нет, вы сами послушайте! — почти сердито сказала Кришнамурка. — Не стучит!

И стала всхлипывать.

Коты по очереди подходили к Мурдыхаю, приникали к груди.

— Нету больше Мурдыхая! Закатилось наше солнце, умер Кот! — произнес Папаша и заплакал — навзрыд, как малень-кий обиженный ребенок. Котриарх беззвучно проливал пото-ки слез, а Жрец, как настоящий горец, лишь скрипел зубами.

Старики, кряхтя, перевернули тело на живот и поручили безутешной Кришнамурке совершить последнее омовение. Поливая любимую шкуру слезами, она старательно выли-зывала ее. Шкура стала влажной и блестящей, клочковатая шерсть улеглась, и Учитель стал такой красивый и спокой-ный, сразу видно — настоящий праведник.

Потом они стали его поминать. Каждый по-своему, кто как умел. Папаша спел протяжный котолический псалом: от-решенный голос уходил под своды и создавал расплывчатое настроение. Котриарх рокочущим тяжелым басом промурчал заупокойную молитву: тон был трагический, но в то же время преисполненный надежды. А Жрец, зажав лапами уши, издал руладу: звонкое эхо билось о стены, как будто смерть не навсегда, и они еще увидят Мурдыхая…

А Псаревич внутренне метался. Он очень хотел заскулить, чтобы на верхней, почти истерической ноте сорваться в поминальный вой, но не знал, как отнесутся к этому аборигены. Не желая никого смущать, он вжался в стену и мужественно скреб лапой пол.

— Но ведь надо же его похоронить, — раздумчиво предположил Папаша. — Что, вызываем охранников?

— Нет, они поленятся копать могилу, выбросят тело в овраг, на съедение псам, — возразил Котриарх. — И тут же поправился: — Птицам.

— Тогда хороним здесь? Копаем сами? — спросил Жрец.

— Я, это, мог бы вам помочь, — робко предложил Псаревич, — когти у меня, эт самое, большие.

Он даже показал, какие именно: длинные, толстые, благородного коричневого цвета; Кришнамурка втайне восхитилась, но тут же вспомнила, что ей сейчас ни до чего.

— Такого Мурдыхай не заслужил, — твердо сказала она. — Мы должны его похоронить на воле.

— Каким же образом? Милая моя, родная — как? — сочувственно спросил ее Папаша.

— Не знаю. Мне без разницы. Но мы должны.

И стала яростно царапать камень: «отворите!».

Псаревич тоже стал скрести преграду. Так продолжалось час, и два, и три; коготки Кришнамурки сточились, подушечки кровоточили; и все-таки она не умолкала.

В конце концов охранники сдались; им надоело слушать эти вопли. Вход в пещеру приоткрылся, на пороге появился Дядявася, облезлый прижимистый кот.

— Ну, что тут у вас? — поинтересовался он.

— У нас тут... у нас тут беда, — сказала Кришнамурка и опять заплакала. — Мурдыхай скончался.

Дядявася слез не выносил.

— Тихо, тихо, мать, все там будем. Эй, робяты, подь сюды! Взяли жмурика за лапы — и на вынос.

Кришнамурка впала в истинную ярость и бросилась на Дядювасю и с размаху залепила лапой в нос.

— Это тебе за жмурика — раз!

Дядявася растерялся и стал беспомощно отмахиваться. Мол, мать, иди, иди, чего пристала? Но Кришнамурка отступать не собиралась:

— За все там будем — два.

— Ой-ой-ой, больно же!

— А это — никаких робят и никуда вы его не понесете, понял?

И Дядявася схлопотал слезоточивой лапой в глаз.

Его помощнички не торопились заходить в пещеру. Они с опаской сгрудились у входа и по очереди просовывали морды. Дядявася, продолжая отбиваться, отступил назад, выбрался наружу и сиплым голосом скомандовал:

— Валим!

Робяты поднатужились, но завалить пещеру камнем не успели: одним прыжком Псаревич преодолел расстояние, отделявшее его от входа. Еще секунда — и он оказался на воле, где со страшным лаем, брызгая слюной, набросился на сторожей.

— Полундра! Спасайся кто может! — вскричал Дядявася и, сверкая розовыми пятками, помчался вниз.

Робяты от него не отставали. А Псаревич полетел вдогонку. Уши развевались в воздухе, как паруса.

— Псаревич! Вернись! — безутешно звала Кришнамурка, но тот ее уже не слышал.

Вскоре он пропал из виду; только откуда-то снизу доносилось гулкое и вдохновенное: «гаф! гаф!».

Двадцатая глава.
Как собаки кота хоронили

Белобокая сорока выпорхнула из кустов, распустила индейские перья, но вдруг заметалась, сложилась, как веер, нырнула обратно. Сквозь сухие ветки сверкал ее настороженный взгляд.

Она внимательно следила за процессией, которая спускалась по тропе. На плечах у пожилых котов и молоденькой кошки лежал неподвижный сородич, рыжий, с седыми подпалинами. Глаза его были закрыты, а лапы раскинуты в разные стороны. Сорока дернулась и длинным хвостом зацепила сучок; все четверо, как по команде, повернули головы. Сорока сдавленно чевыкнула, всплеснула крыльями и взлетела.

Но преследовать ее никто не собирался. Жрец, Папаша, Котриарх и Кришнамурка совершали траурную церемонию: скорбно несли Мурдыхая на берег, чтобы торжественно предать его земле. Точнее, морскому песку. Сложить поверх могилки темно-серый холмик из камней — и проститься с Мурдыхаем навсегда. Им было сейчас не до птичек.

Вдруг послышался тревожный топот — из гущи соснового леса выбежал черный кабанчик. Маленький, поджарый, с темным пятачком на вытянутой морде. Увидев похоронную процессию, кабанчик изумился и на всякий случай сдал назад.

После чего спросил, прихрюкнув:

— Вы кто? Вы чего? Вы зачем? А зовут вас как?

Коты представились, а хорошо воспитанный кабанчик, пятясь задом, добавил:

— Примите искренние соболезнования. Мы тоже слышали про Мурдыхая, говорят, он был праведный кот.

— Это правда. А сам ты кто будешь? — тяжело дыша, спросил Папаша.

— А я буду Хрюрик. Так меня зовут. И папу тоже. И дедушку. Всех. Хрюриковичи мы, такое дело. Ну, пойду, своим расскажу.

— Ну, иди.

И кабанчик, мягко топая по хвое, убежал.

На следующем повороте процессия наткнулась на козу. Она с отвращением грызла кору и презрительно мекала. Продолжая превращать кору в мочало, она спросила у котов:

— Кого несете?

Оказалось, и она про Мурдыхая слышала.

Коты продолжили свой невеселый спуск. Коза смотрела вслед своими оловянными глазами, решая, что правильней сделать: догрызть невкусную, но сытную кору или проводить котов до побережья. В конце концов решила проводить — и, взбрыкивая задними ногами, поспешила вниз.

За ней пристроились две белки; за белками — лесной хомяк по кличке Хома Сапиенс; за Хомой — медленная черепаха. А возле берега их поджидало целое семейство кабанов. Узнав от Хрюрика о смерти Мурдыхая, мама, папа, дедушка и бабушка решили проводить кота в последний путь. Над головами низко пролетали птицы, которым новость принесла сорока, уверив их, что совершилось чудо, и коты на них не нападут.

Место для могилы выбрали пустынное, вдалеке от спального района, потому что Мурдыхай был истинным отшельником — ему нужны покой и отрешенность; чтобы волны плескали о берег, мирно переругивались чайки, а во время шторма раздавался грозный гул.

Положили тело на сырой песок и принялись копать. Белки тоже попытались рыть, но неудачно. Кабаны работали натруженными пятачками, а папа с дедушкой пустили в ход клыки. Птицы сверху сочувственно крякали. Неожиданно раздались голоса, сразу множество, тонких, едва различимых:

— Эй, эй, мы поможем, мы поможем!

Коты покрутили головами, и никого не обнаружили. Кабаны принюхались. А белки закричали:

— Вниз смотрите, вниз! Они под вами!

И правда — из песка торчали бесформенные головы кротов, покрытые густой и мягкой шерстью. Они смотрели не мигая в никуда и поводили жилистыми хоботками.

— А вы откуда знаете про Мурдыхая? — спросила их Кришнамурка, надеясь на приятный для нее ответ.

Кроты не обманули ожиданий:

— Да весь лес уже знает. Только об этом и говорят. Мы поможем, мы поможем!

И они приступили к работе. Песок забурлил, он как будто закипел от жара. Рядом с ямой нарастала горка; не прошло и нескольких минут, как все было готово. Котцы склонились к телу Мурдыхая, собираясь опустить его в могилу. Звери плотным кругом обступили яму и приготовились как следует прощаться. Птицы кричали навзрыд.

Но Кришнамурка изумленно прошептала:

— Погодите.

Вдоль прибрежной полосы навстречу к ним неслись коты; во главе — неугомонный Мокроусов, вслед за ним другие партизаны. Добежав, они долго не могли отдышаться — в открытых ртах дрожали розовые язычки, зрачки расширились, глаза блестели.

— У... ус.. успели, — еле выговорил Мокроусов. — Уф-ф. Все-таки помер великий старик? Жалко, правильный был. Чем мы можем помочь?

— Да ничем. Разделим наше общее горе, — ответил ему Котриарх, а Кришнамурка с благодарностью лизнула Мокроусова. Все-таки он ничего, хоть и болтушка.

Снова звери обступили яму, и опять им пришлось отложить погребение. По горной тропе к ним спускались собаки. Их было немного: три почтительно держались сзади, а две вышагивали рядом, стараясь ни на шаг не пропустить вперед друг друга. Мокроусовцы встали в военную позу: передние лапы расставлены, морды опущены вниз, хвост, как маятник, мотается туда-сюда, а взгляд убийственно холодный.

— Нет-нет, не сейчас, не сейчас! — велела бойцам Кришнамурка. — Одного из них мы знаем, это наш Псаревич, он с нами в пещере сидел, когда вы удрали.

— Мы не удрали! Мы совершили побег!

— Да-да, совершили побег. Ты просто его не застал. Он хороший, — добавила она и засмущалась. — Наверное, он отыскал своих и хочет с нами поскорее помириться.

— Зато другого знаю я! — возразил ей беспощадный Мокроусов. — Он мой личный враг! Он их новый гавком! Он бил котов! А друг моего врага — тоже мой враг! Приготовились!

— Где бил? На поле боя? — уточнил Папаша.

— Да. Мы сражались, пока вы сидели в тылу. А собаки мутузили нас. Мы сейчас им покажем, где кузькина мать.

— Давай, Мокроусов, остынь, — пристыдил его Котриарх. — Считай, что сейчас перемирие. На войнах такое бывает. Особенно когда хоронят уважаемых котов.

Мокроусов неохотно подчинился.

Псы остановились на приличном расстоянии. Псаревич поискал глазами Кришнамурку, увидев, улыбнулся широко, но тут же стер улыбку с морды. Как по команде, псы задрали головы, и раздался поминальный вой.

Коты покорно вытерпели душераздирающие звуки и в третий раз склонились к Мурдыхаю. Подняли его сухое тело, опустили в прохладную яму.

— Прощай, Мурдыхай! — произнес Котриарх. — Мы тебя никогда не забудем.

— Не забудем, — хором повторили звери.

Яму засыпали. Кришнамурка подошла к родному холмику, упала на него и зарыдала в голос.

Двадцать первая глава.
Переворот

Зимние дожди размыли глиняную насыпь и в ней образовалось углубление, как раз для одного усталого кота. В углублении лежал Мурчавес и страстно вылизывал шерсть. Войдя в раж, он стал в остервенении рвать зубами длинный коготь на задней лапе. Чем ему коготь мешал? Да ничем. Он просто должен был себя занять. Чтобы отвлечься от печальных мыслей.

Потерпев убийственное поражение, Мурчавес последним покинул поле битвы, как положено вождю и полководцу. Он думал, что быстро нагонит своих, но за ним увязалась собачка, беззастенчивая мелкая болонка Бегемоська. Он останавливался, выгибал спину, шипел. Бегемоська с визгом отбегала, но тут же возвращалась, продолжая мерзко гавкать. На берегу внезапно развернулась и с чувством выполненного долга понеслась обратно. В зарослях звучал ее противный голос.

Он огляделся: берег был пуст. Наверное, все собрались на площади и ждут его. Мурчавес отдышался и пошел на рыночную площадь, не уставая удивляться глупости собак. Им ничего не стоило добить котов, загнать их в холодное море — дальше него не отступишь. Но по неведомым причинам собачья контратака захлебнулась, не начавшись. Странные собаки существа. Какие-то недоразвитые.

А еще он продумывал речь и взвешивал, как лучше будет поступить с Мокроусовым. Нужно объяснить котам его внезапное геройство... Типа Мокроусов выполнял его задание? Прятался в пещере под прикрытием, изображал врага? А сам готовил партизанское сражение? Потому что генерал Мурчавес все предвидел? Неплохая версия. Коты поверят. А Мокроусову присвоим звание придворного поэта, пусть сочиняет стишки на досуге.

Он вышел на площадь и замер. Ни души. Сбегал в спальный район — никого. И в Мурчалое он котов не обнаружил. И в прибрежных кустах. И в Раю. Мурчавес совершенно растерялся. Он бродил вдоль берега и звал народ: «миау!». Ночь провел на берегу, в тревоге. Следующий день потратил на поиск в горах — бесполезно. И только вечером, когда в тревожном небе появилась оловянная луна, он догадался заглянуть в заброшенную каменоломню.

Там, в кромешной темноте, посвечивали магическим темнозеленым светом страшные глаза. И Мурчавес почуял, что надо бежать. Пока его здесь не было, случилось что-то непонятное, непоправимое. Он несся в сторону прибоя, а сзади слышался доисторический кошачий вой, на самые разнообразные лады, от верхних нот до нижних и обратно.

Добежав до берега, Мурчавес отыскал укрытие и угнездился. В голове крутилось ужасное слово «измена». Не желая признаваться до конца, что власть он потерял и никогда не сможет возвратить, он стал проваливаться в смутный сон. Засыпая, слушал, как пересыхает и крошится глина, как семенят любопытные мыши, как ветер сдувает песок...

Утром, вопреки обыкновению, он пробудился поздно. Сияло солнце. Ясное, большое, глупое. Так бывает в январе на побережье: в одночасье наступает безмятежная погода. Тепло, как в мае. Сухо, как в июне. Все живое ленится, как в августе. По телу разливается приятность. А Мурчавес обречен страдать, вспоминая подлые глаза изменников.

Он выдрал коготь, завалился на бок, энергично потянулся, так что косточки хрустнули, зевнул. Попробовать еще поспать немного? Многовековой кошачий опыт говорит, что так оно надежней.

Однако спать ему пришлось недолго.

— Вот он где! — раздалось над самым ухом.

Мурчавес в ужасе открыл глаза. Над ним нависла морда Мокроусова. Самодовольная, самовлюбленная. Справа от нее глумливо ухмылялся кот Мухлюэн.

— С добрым утром, генерал. Вставайте. — Мокроусов был подчеркнуто ехиден.

Мурчавес ощетинился и угрожающе замычал: «мыа-а-ау»! Мухлюэн сделал полушаг назад. Мокроусов не сдвинулся с места.

— Мыа-ау! — повторил Мурчавес и заворчал нутром, не открывая рта. — Гр-р-ры...

— Рычите, генерал, — ответил Мокроусов. — Недолго вам еще рычать осталось. Эй, братцы, он здесь, налетай!

Сбоку к яме приступили готики, мурпехи, мокроусовцы. За ними подтянулся Дрозофил; на шее у него болталась золотая псиная медаль на синей ленте.

«Они побывали в Раю. Без меня. Кажется, это конец. Неужели так быстро?»

— Вы, так сказать, не то чтоб, — Дрозофил обратился к собравшимся. — Предательство кошачьего народа, все такое. Так сказать, законно низвергаю. Немедленно арестовать.

Готики схватили бывшего вождя — сопротивляться было бесполезно.

— Как переходное правительство, это... я тебе... передаю. Как договаривались, не забудь, — повернулся Дрозофил к Мокроусову.

Тот властно кивнул, и что-то хищное, лесное мелькнуло у него в глазах.

Мурчавесу туго стянули передние лапы; готикам пришлось тащить его верхом. Под его самодержавной тяжестью прогибались их предательские спины. Мокроусов семенил неподалеку и, как всегда, беззаботно болтал. Он в деталях расписал Мурчавесу, как сразу после поражения собрал котов и повел их за собой в каменоломню, — на случай, если псы продолжат наступление. По дороге к ним присоединились кошки и котята. В штольне было тепло и уютно. Все его благодарили, ополченцы восхищались дерзкой контратакой, кошки измурчались до изнеможения.

Наутро следующего дня он пошел изучить обстановку. Мокроусов удивился полному отсутствию собак и тогда обнаружил похоронную процессию. На церемонии прощания с великим Мурдыхаем, который всегда выделял Мокроусова, поддерживал его искания, хвалил, — так вот, на церемонии прощания он лично познакомился с собачьими вождями. Старый, Псаревич, и новый, Вантузик, были почему-то очень недовольны, друг на друга смотреть не желали. Пришлось забегать то с одной стороны, то с другой. Но Мокроусов справился с поставленной задачей. Узнав о тайном сговоре Мурчавеса с собаками, он заключил от имени котов всеобщий мир. После чего поспешил в каменоломню, чтобы раскрыть глаза народу на Мурчавеса.

Тот вспомнил эти самые раскрытые глаза и спросил обреченно:

— Что меня ждет?

— А ничего хорошего, — ответил Мокроусов весело и бодро. — Скоро сами все увидите, мой генерал.

Мурчавеса доволокли до спального района, перекинули кулем в корзину; он ушибся и заплакал от обиды. Снаружи доносилась суета, кто-то куда-то бежал, кто-то что-то говорил: «бу-бу-бу-бу».

Через час-другой за ним пришли. Развязали, повели на рыночную площадь. Он издалека заметил странное сооружение из бревен. Оно качалось на волнах и напоминало плоскую лодку со спиленным бортом. Разглядеть конструкцию как следует ему не дали, силком втащили на высокий подиум. Здесь уже сидели Мокроусов и Мухлюэн. Дрозофил же себя почувствовал нехорошо: у него случился приступ врожденной болезни под названием «сахарный гдеобед», и он с унылым видом возлежал в тенечке. А святых котцов на подиум не пригласили — Мокроусов их гнобить не собирался, но и власти решил не давать. Они сидели вместе с остальным кошачеством и с нетерпением ждали развязки.

Торжественно ступая, Мокроусов вышел к публике. Раскатал перед собою свиток и, сурово поглядев в глаза Мурчавесу, прочел:

— Дорогие мои. Товарищи мои. Коты гуляют сами по себе. Что для одного кота порок, то для другого добродетель.

Начало было пышное, красивое. Кошки приготовились пустить слезу.

— Этим и воспользовался бывший генерал Мурчавес. Все мы поддались на его обман. Все купились.

Кошки напряглись, коты затихли — это что же, они виноваты?

— Но и кто бы не поддался на него? — ловко вывернулся Мокроусов. Публика вздохнула с облегчением.

Мокроусов напомнил, как тиран и узурпатор истязал животных, мучил бедных кошек и сажал в тюрьму котов-кормильцев.

— Мы с вами слишком многого не знали. От нас скрывали правду. Но нет ничего тайного, что не стало бы явным. Сегодня, наконец, пришла пора расплаты...

И Мокроусов предложил голосовать:

— Кто за то, чтобы изгнать Мурчавеса? За то, чтобы выслать его за пределы страны?

Все подняли лапы. Только святые котцы воздержались.

— Что же. — Мокроусов отпустил свой длинный свиток, и он с шуршанием скатался в трубочку; Мурчавес почему-то вспомнил про «Майн Кун». — Приговор народа — истина. Мурчавес, заходи на плот. Ты отправляешься на тот далекий остров — видишь контур, ну вон там, на горизонте?

Так вот как называется сооружение... Плот.

Мурчавес взошел на него, распластался на бревнах. И ведь никто не пожалеет, ни одна собака. Правда, подбежала Кришнамурка, положила перед ним узелок с припасами. Но это показное благородство, он же знает. Ну, еще Папаша, пыхтя, забрался на плот, обнял на прощание, и Котриарх пробормотал молитву, а Жрец подарил амулет — гальку с дырочкой, такие называют куриным богом. С этими тоже понятно: типа вот мы какие, ты типа нас посадил, а мы тебя типа жалеем. Твари.

— Все, хватит тянуть время, отдавайте концы! — распорядился самозванец.

Готики, выслуживаясь перед новой властью, попрыгали в зимнее море, окружили плот и приготовились грести.

— Нет! Подождите, стойте! Одну минуточку, господин Мокроусов, будьте добреньки, погодите! — раздался вдруг истошный вопль, и на берег выбежала Муфта.

Белые ее носочки были испачканы глиной, шерсть растрепана, на спину приторочен куль.

— Я хочу поехать с ним, — сказала она.

Мокроусов мотнул головой — снова что-то коварное, лисье мелькнуло в его глазах.

— Мурчавес должен жить теперь один. Чтоб знал.

— Но меня народ не приговаривал? Я вольная кошка. Хочу на остров. Туда, где Мурчавес.

— Это невозможно.

— А почему?

— Потому что нельзя.

— Эй, Мокроусов, ты что? — вступил в разговор Котриарх.

— Действительно, — поддержал Котриарха Папаша. — Кошка хочет быть со своим котом. Мы не имеем права ей препятствовать.

— В общем, пусть себе едет, — заключил Жрец.

— Хорошо, согласились, — сердито сказал Мокроусов. — Но при одном условии.

— Каком?

— Всех котят, рожденных в этом браке, мы будем забирать обратно, на большую землю.

— А это не жестоко?

— Не жестоко. Если мы оставим им котят, то на острове вырастет новое племя! Воспитанное в ненависти к нам. Они рано или поздно нападут на нас. И тогда случится новая война.

— Мы не хотим войны!

— Во-во. Если Муфта хочет ехать с ним — пусть едет. А приплод будет наш.

— Мы м–м-мерзнем, — стуча зубами, напомнил о себе один из готиков. — Н-н-нельзя ли чуть-чуть побыстрее?

Муфта вскочила на плот, с облегчением скинула торбу и устроилась рядом с Мурчавесом. Положила голову ему на шею, обвила нежной лапкой, закрыла глаза. Ей было все равно, что ждет их впереди, все главное уже случилось, слава богу.

Море вскипело под лапами готиков. Плот, тяжело переваливаясь через волны, медленно поплыл.

И никто не помахал вослед Мурчавесу. Никто.

Так прошла его земная слава.

Двадцать вторая глава.
Бог из машины

И снова быстро-быстро побежало время. День за днем. Неделя за неделей. Промелькнула торопливая весна, воцарилось вальяжное лето. О Мурчавесе все реже вспоминали, только кошки пугали котят: «кто тут у нас не хочет слушаться? Мурчавес придет, заберет!». И коты — пикейные жилеты, обсуждая политическую ситуацию, нет-нет да и ворчали: «вот при Мурчавесе порядок был!». И на всякий случай озирались.

Порядку и вправду не стало. Новый предводитель Мокроусов оказался вдохновенным фанфароном. То он решил, что нужно осушать болота. И котам пришлось заваливать землей трясину. Трясина чавкала, вздыхала и поглощала землю без остатка. Тогда ему вступило в голову, что неплохо было бы самим выращивать мышей. Натаскали писклявую мелочь, запустили в Рай и стали ждать обильного приплода. Но мыши подросли, погрызли проводку и стулья, продырявили старый паркет и через подпол убежали восвояси. После чего неугомонный Мокроусов изучил географические атласы, стоявшие в Раю на книжных полках, и пришел к неутешительному выводу, что все они составлены с позиций человека. Тогда как кот все видит по-другому. Значит, у котов должна быть собственная география. Перед кошачеством была поставлена задача: отправиться в исследовательское путешествие. Коты подчинились, но, отойдя на безопасное расстояние, попрятались в кусты и задремали.

Неудивительно, что при таком ведении хозяйства благосостояние котов ухудшилось. Опасаясь народного гнева, Дрозофил с Мухлюэном перемигнулись — и, ничего не сообщая Мокроусову, возобновили практику арестов. К началу августа пещера снова переполнилась. В тревоге за свою грядущую судьбу вельможи тяжело вздыхали: «да что ж за наказание такое!». Один травил котов собаками, другой поэт. Сковырнуть бы его...

Но много хуже, что такие разговоры начались среди простых котов, самых обычных трудяг, которые с утра до вечера лежали на камнях и отдыхали от несделанной работы. Недовольные стали приглядываться к рыжеглазому и тощему оруженосцу Мокроусова: «может, Мокроусова прогоним, а этого поставим над собой?». Спиридон колебался. Ему нравилась идея стать вождем, но было боязно и неохота напрягаться.

И у собак дела совсем разладились. Они перенесли свой лагерь ближе к берегу, построили казарму на холме, успели отлежаться, отоспаться и отъесться, а Вантузик и Псаревич все делили власть. «Я законно избранный вожак!» — настаивал один. «Нет, я!» — рычал другой. Стая разделилась на две партии; Псаревича поддерживало большинство, но Вантузика боготворила молодежь. Собаки опустились, стали воровать еду, запирали вход в казарму до отбоя, чтобы опоздавший, вздыхая, искал себе ночлег снаружи. Порою Псаревич в отчаяньи думал, что Мурчавес не так уж неправ. Псу и коту без войны невозможно. Без войны им скучно. Нужен враг.

И вот однажды ласковым осенним утром, когда Мокроусов обдумывал новые фокусы, а Вантузик мрачно лежал на пороге казармы и зыркал на Псаревича, который составлял военный план, с вершины Зеленой Горы донеслись непонятные звуки. Густые, рыкающие. Сначала их услышали на побережье — и коты сиганули в кусты; чуть позже эхо различили на холме — собаки сплющились и вжались в землю. На всякий случай.

Звук то приближался, то удалялся, то совсем исчезал. Животные приподнимали головы, но тут же опускали их обратно — описав спираль на горном серпантине, машины появлялись снова. Им было трудно продвигаться по заброшенной дороге. Прошло немало времени, прежде чем первая машина, большая и очень удобная (она называлась «Кашкай», что было несколько обидно для собак) притормозила возле райского холма.

Дверца машины открылась, из нее высунулись желтые ботинки, за ботинками — ноги в брезентовых брюках, за ногами выпросталось тело; лицá животные пока не различили.

Следом за «Кашкаем» у холма остановился грузовик. Из крытого кузова выскочили люди. В руках они держали длинные штуковины с зубами, похожими на акульи — мелкими, острыми, злыми. Штуковины взревели, завизжали, люди выставляли их вперед, во все стороны летели высохшие ветки; холм на глазах исчезал; вскоре от него остались груды хвороста.

Рай стоял какой-то голый, беззащитный. По стенам разбегались старческие трещины; ставни покривились и обвисли. Тот, кто приехал на «Кашкае», медленно и робко подошел ко входу, за ним — еще трое высоких мужчин. Они остановились у порога, сели на ступеньки, обнялись. Наконец их можно было разглядеть. Один был постаревший бог, они его сразу узнали, хотя никогда и не видели: огромные ноги в желтых ботинках, просторные колени и лицо, сияющее в вышине. Только у него случилась линька, голова стала голой и круглой. Трое молодых и крепких оказались божиками. Они выросли неузнаваемо. Лишь богини почему-то с ними не было.

И великая сила инстинкта подсказала котам и собакам, что больше не нужно бояться. А нужно медленно, бочком-бочком, как бы все время пугаясь, а на самом деле растворяясь в радости, возвращаться в потерянный Рай.

Последняя глава.
Парад победы

Коты испытывали острое блаженство. Их поселили в теплом и сухом полуподвале, где в углу стояли многочисленные миски. Собаки тоже были счастливы: им было хорошо в полузаброшенном саду, где люди с акульими длинными штуками и множеством других чудесных инструментов соорудили прекрасный вольер, само название которого напоминало псам о прежней воле.

Порою коты поднимались по деревянной лесенке и бесцельно бродили по Раю. Заглядывали в райское Святилище, с опаской и надеждой сидели возле Алтаря, печально возвращались в кабинет. Бог снова возносил их на рабочий стол, захлопывал крышку компьютера и, запуская пальцы в шерсть, рассказывал ужасные истории про то, как всю его семью плохие люди отправили в тюрьму, но правда все равно была сильнее. Если б только не богиня, не богиня... Он замолкал, не в силах говорить. Но кошки языка богов теперь не понимали. Или не хотели понимать. Потому что, как писал Мурдыхай в незабвенном Кошруте, от многого знания — многая грусть. Лежи, мурчи — и доверяй судьбе.

Все ссоры в одночасье прекратились. Вантузик и Псаревич сторожили вход, меняясь посменно, громко брехали на чаек. Бегемоська веселила бога: забегала вперед на прогулке, валилась на спину и смешно перебирала лапами. Святые котцы получили право возлежать втроем на приставном диване в коридоре. А Мокроусов подлизался к одному из повзрослевших божиков и стал при нем постельничим котом.

Когда в Раю закончился ремонт и посторонние уехали, звери решили устроить парад. Идею подсказала Кришнамурка: ей во сне явился Мурдыхай и посоветовал учредить прекрасный праздник примирения Суккот. Только чтобы в нем на равных приняли участие и кошки, и собаки. Потому что главная мудрость Кошрута нас учит: «Вместе идти — хорошо». Кришнамурка поспешила к милому Псаревичу. Тот сладко вздохнул, посмотрел печальными глазами и не решился отказать подруге.

Дело завертелось.

Ночью проводили репетиции; маршировали по дорожкам сада, учились соблюдать единый строй. У собак получалось отлично: они молодцевато притопывали и как следует тянули лапы. С кошками были проблемы. Начинали они хорошо, но в какой-то момент отвлекались. Тем не менее в назначенный день животные собрались у входа в Рай. И стали совместно скрестись. Бог вышел на порог. Они окружили его и начали подталкивать носами в сад. Бог засмеялся и окликнул божиков, те сбегали на кухню, принесли какие-то тарелки, накрытые красивыми салфетками. Бог и божики прошли по садовой дорожке, посыпанной гравием, и сели под большой навес. А звери вышли на торжественный парад.

В первой колонне труси́ли собаки. Как по команде, они замирали, поднимали правую лапу и троекратно заливисто лаяли. Бог хлопал в ладоши и бросал в толпу собак кусочки сахара. Раздавался приветственный хруст. За собаками прошествовал отряд свободных кошек; он немедленно сбился в веселую кучу и превратился из отряда в стайку. Но бог не рассердился. Он кидал котам вкуснейшие мясные жилки, и слышалось уверенное сглатывание.

Звери развернулись и пошли повторно вдоль скамейки. Сводный запевала, пес по прозвищу Иван Пантазьев, скомандовал своим суровым басом:

— За-пе-вай!

И все животные в одном порыве подхватили новый райский гимн, сочиненный музыкантом Мерзляковым на стихи постельничего Мокроусова:

Эта — земля — была — нашей!
Пока мы — не увязли — в борь-бе!
Дайте нам курицы с ка-шей!
Мы вернем эту землю се-бе!

И было им так хорошо, так надежно. И думали они, что Рай восстановился навсегда.

Постаревший бог достал из кармана платок и зачем-то промокнул глаза. А старший божик вдруг склонился, нежно приобнял его и поцеловал в блестящую макушку.

2014–2023

**В издательстве Freedom Letters
вышли книги:**

Дмитрий Быков
VZ. ПОРТРЕТ НА ФОНЕ НАЦИИ

Дмитрий Быков
НОВЫЙ БРАУНИНГ

Дмитрий Быков
БОЛЬ-
ШИНСТВО

Сергей Давыдов
СПРИНГФИЛД

Светлана Петрийчук
ТУАРЕГИ. СЕМЬ ТЕКСТОВ ДЛЯ ТЕАТРА

Вера Павлова
ЛИНИЯ СОПРИКОСНОВЕНИЯ

Демьян Кудрявцев
ЗОНА ПОРАЖЕНИЯ

Евгений Клюев
Я ИЗ РОССИИ. ПРОСТИ

Алексей Макушинский
ДИМИТРИЙ

Александр Иличевский
ГОРОД ЗАКАТА

Александр Иличевский
ТЕЛА ПЛАТОНА

Сборник рассказов
МОЛЧАНИЕ О ВОЙНЕ

Ваня Чекалов
ЛЮБОВЬ

Людмила Штерн
БРОДСКИЙ: ОСЯ, ИОСИФ, JOSEPH

Людмила Штерн
ДОВЛАТОВ — ДОБРЫЙ МОЙ ПРИЯТЕЛЬ

Юлий Дубов
БОЛЬШАЯ ПАЙКА
Первое полное авторское издание

Юлий Дубов
МЕНЬШЕЕ ЗЛО
Послесловие Дмитрия Быкова

Сергей Давыдов
ПЯТЬ ПЬЕС О СВОБОДЕ

Ася Михеева
ГРАНИЦЫ СРЕД

Виталий Пуханов
РОДИНА ПРИКАЖЕТ ЕСТЬ ГОВНО

Илья Бер, Даниил Федкевич, Н.Ч.,
Евгений Бунтман, Павел Солахян, С.Т.
ПРАВДА ЛИ. Послесловие Христо Грозева

Серия «Лёгкие»

Иван Филиппов
МЫШЬ

Валерий Бочков
БАБЬЕ ЛЕТО

Елена Козлова
ЦИФРЫ

Юрий Троицкий
ШАТЦ

Детская и подростковая литература

Сборник рассказов для детей 10–14 лет
СЛОВО НА БУКВУ «В»

Алексей Шеремет
СЕВКА, РОМКА И ВИТТОР

Шаши Мартынова
РЕБЁНКУ ВАСИЛИЮ СНИТСЯ

Shashi Martynova
BASIL THE CHILD DREAMS
Translated by Max Nemtsov